庫 20

北原白秋
吉井勇

新学社

装幀　友成　修

カバー画
パウル・クレー『女の館』一九二一年
愛知県美術館蔵

協力　日本パウル・クレー協会

河井寛次郎　作画

目次

北原白秋

吉井　勇

北原白秋

北原白秋詩抄

『邪宗門』

邪宗門扉銘

ここ過ぎて曲節《メロデア》の悩みのむれに、
ここ過ぎて官能の愉楽のそのに、
ここ過ぎて神経のにがき魔睡に。

邪宗門秘曲

われは思ふ、末世の邪宗、切支丹でうすの魔法。
黒船の加比丹を、紅毛の不可思議国を、
色赤きびいどろを、匂鋭《と》きあんじやべいる、南蛮の桟留縞を、はた、阿剌吉《あらき》、珍酡《ちんた》の酒を。
目見《まみ》青きドミニカびとは陀羅尼誦《ず》し夢にも語る、
禁制の宗門神を、あるはまた、血に染む聖磔《くるす》、
芥子粒を林檎のごとく見すといふ欺罔《けれん》の器、
波羅葦僧《はらいそ》の空をも覗く伸び縮む奇なる眼鏡を。

屋《いへ》はまた石もて造り、大理石《なめいし》の白き血潮は、
ぎやまんの壺に盛られて夜となれば火点るといふ。
かの美しき越歴機《えれき》の夢は天鵝絨《びろうど》の薫《くゆり》にまじり、
珍らなる月の世界の鳥獣《とりけもの》映像《うつ》すと聞けり。

あるは聞く、化粧《けはひ》の料《しろ》は毒草の花よりしぼり、
腐れたる石の油に画くてふ麻利耶の像よ、
はた羅甸《らてん》、波爾杜瓦爾《ほるとがる》らの横つづり青なる仮名は
美くしき、さいへ悲しき歓楽の音にかも満つる。

いざさらばわれらに賜へ、幻惑の伴天連尊者、
百年《もゝとせ》を刹那に縮め、血の磔脊《はりきせ》にし死すとも
惜しからじ、願ふは極秘、かの奇しき紅《くれなゐ》の夢、
善主麿《ぜんすまろ》、今日を祈に身も霊《たま》も薫りこがるる。

室内庭園

晩春《おそはる》の室《むろ》の内、
暮れなやみ、暮れなやみ、噴水《ふきあげ》の水はしたたる……
そのもとにあまりりす赤くほのめき、
やはらかにちらぼへるヘリオトロオプ。
わかき日のなまめきのそのほめき静こころなし。

尽きせざる噴水よ……
黄なる実の熟《う》るる草、奇異の香木、
その空にはるかなる硝子《がらす》の青み、

外光のそのなごり、鳴ける鶯、
わかき日の薄暮《くれがた》のそのしらべ静こころなし。

いま、黒き天鵝絨の
にほひ、ゆめ、その感触《さはり》……噴水に縺れたゆたひ、
うち湿る革の函、饐ゆる褐色《かちいろ》
その空に暮れもかかる空気の吐息……
わかき日のその夢の香の腐蝕静こころなし。

三層《さんかい》の隅か、さは
腐れたる黄金の縁《ふち》の中、自鳴鐘《とけい》の刻み……
ものなべて悩ましさ、盲《し》ひし少女《をとめ》の
あたたかに匂ふかき感覚のゆめ、
わかき日のその靄に音は響く、静こころなし。

晩春の室の内、
暮れなやみ、暮れなやみ、噴水の水はしたたる……

そのもとにあまりりす赤くほのめき、
甘く、またちらぼひぬ、ヘリオトロオブ。
わかき日は暮るれども夢はなほ静こころなし。

赤き僧正

邪宗の僧ぞ彷徨《さまよ》へる……瞳据ゑつつ、
黄昏の薬草園の外光に浮きいでながら、
赤々と毒のほめきの恐怖《おそれ》して、顫《ふる》ひ戦く
陰影のそこはかとなきおぼろめき
まへに、うしろに……さはあれど、月の光の
水の面《みも》なる葦のわか芽に顫ふ時。
あるは、靄ふる遠方《をちかた》の窓の硝子に
ほの青きソロのピアノの咽ぶ時。
瞳据ゑつつ身動《みじろ》かず、長き僧服
爛壊《らんゑ》する暗紅色のにほひしてただ暮れなやむ。

さて在るは、曩《さき》に吸ひたる
Hachisch《ハシッシュ》の毒のめぐりを待てるにか、
あるは劇《はげ》しき歓楽の後の魔睡や忍ぶらむ。
手に持つは黒き梟《ふくろう》
爛々と眼は光る……
……そのすそに蟋蟀《こほろぎ》の啼く……

曇日

曇日《くもりび》の空気のなかに、
狂ひいづる樟《くす》の芽の鬱憂《メランコリア》よ……
そのもとに桐は咲く。
Whisky《ウイスキイ》の香のごときしぶき、かなしみ……
そこここにいぎたなき駱駝《らくだ》の寝息、

見よ、鈍き綿羊の色のよごれに
饐えて病む藁のくさみ、
その湿る泥濘《ぬかるみ》に花はこぼれて
紫の薄き色鋭《するど》になげく……
はた、空のわか葉の威圧。

いづこにか、またもきけかし。
餌に饑ゑしベリガンのけうとき叫《さけび》、
山猫のものさやぎ、なげく鷲、
腐れゆく沼の水蒸《む》すがごとくに。
そのなかに桐は散る……Whisky の強きかなしみ……

もの甘き風のまた生あたたかさ、
猥らなる獣《けもの》らの囲内《かこひ》のあゆみ、
のろのろと枝《え》に下るなまけもの、あるは、貧しく
眼を据ゑて毛虫啄《つ》む嗟歎《なげかひ》のほろほろ鳥《てう》よ。

そのもとに花はちる……桐のむらさき……

かくしてや日は暮れむ、ああひと日。
病院を逃れ来し患者の恐怖《おそれ》、
赤子らの眼のなやみ、笑ふ黒奴《くろんぼ》
酔ひ痴れし遊蕩児《たはれを》の縦覧《みまはり》のとりとめもなく。

その空に桐はちる……新しきしぶき、かなしみ……

はたや、また、園の外ゆく
軍楽の黒き不安の壊《なだ》れ落ち、夜に入る時よ、
やるせなく騒《さや》ぎいでぬる鳥獣。
また、その中に、
狂ひいづる北極熊の氷なす戦慄《をののき》の声。

その闇に花はちる……Whisky の香の頻吹《しぶき》……桐の紫……

空に真赤な

空に真赤な雲のいろ。
玻璃に真赤な酒の色。
なんでこの身が悲しかろ。
空に真赤な雲のいろ。

謀叛

ひと日、わが精舎の庭に、
晩秋《おそあき》の静かなる落日《いりひ》のなかに、
あはれ、また、薄黄なる噴水《ふきあげ》の吐息のなかに、
いとほのにギオロンの、その絃《いと》の、
その夢の、哀愁《かなしみ》の、いとほのにうれひ泣く。

蠟の火と懺悔のくゆり
ほのぼのと、廊いづる白き衣は
夕暮に言《もの》もなき修道女《めめ》の長き一列《ひとつら》。
さあれ、いま、ギオロンの、くるしみの、
刺すがごと火の酒の、その紘のいたみ泣く。

またあれば落日の色に、
夢燃ゆる噴水の吐息のなかに、
さらになほ歌もなき白鳥《しらとり》の愁のもとに、
いと強き硝薬の、黒き火の、
地の底の導火《みちびや》燬き、ギオロンぞ狂ひ泣く。

跳り来る車輛の響、
毒の弾丸《たま》、血の烟、閃めく刃《やいば》、
あはれ、驚破《すは》、火とならむ、噴水も、精舎も、空も。
紅の、戦慄《わななき》の、その極《はて》の
瞬間《たまゆら》の叫喚《さけび》燬き、ギオロンぞ盲ひたる。

ほのかにひとつ

罌粟《けし》ひらく、ほのかにひとつ、
また、ひとつ……

やはらかき麦生《むぎふ》のなかに、
軟風《なよかぜ》のゆらゆるそのに。

薄き日の暮るとしもなく、
月しろの顫ふゆめぢを、

縺れ入るピアノの吐息
ゆふぐれになぞも泣かるる。

さあれ、またほのに生《あ》れゆく

色あかきなやみのほめき。
やはらかき麦生の靄に、
軟風のゆらゆる胸に、
罌粟ひらく、ほのかにひとつ、
また、ひとつ……

角を吹け

わが佳耦《とも》よ、いざともに野にいでて
歌はまし、水牛の角を吹け。
視よ、すでに美果実《みくだもの》あからみて
田にはまた足穂垂れ、風のまに
山鳩のこゑきこゆ、角を吹け。
いざさらば馬鈴薯の畑を越え

瓜哇《ジャワ》びとが園に入り、かの岡に
鐘やみて蠟の火の消ゆるまで
無花果《いちじゆく》の乳をすすり、ほのぼのと
歌はまし、汝が頸の角を吹け。
わが佳耦よ、鐘きこゆ、野に下りて
葡萄樹の汁滴《つゆした》る邑を過ぎ、
いざさらば、パアテルの黒き袈裟
はや朝の看経《つとめ》はて、しづしづと
見えがくれ棕櫚の葉に消ゆるまで、
無花果の乳をすすり、ほのぼのと
歌はまし、いざともに角を吹け、
わが佳耦よ、起き来れ、野にいでて
歌はまし、水牛の角を吹け。

艪を抜けよ

はやも聴け、鐘鳴りぬ、わが子らよ、
御堂にははや夕《よべ》の歌きこえ、
蠟の火もともるらし、艪《ろ》を抜けよ。
もろもろの美果実籠《こ》に盛りて、
汝が鴿《はと》ら畑に下り、しらしらと
帰るらし夕づつのかげを見よ。
われらいま、空色の帆のやみに
新なる大海の香炉採り
籠に炷《た》きぬ、ひるがへる魚を見よ。
さるほどに、跪き、ひとびとは
目見《まみ》青き上人と夜に禱り、
捧げます御くるすの香にや酔ふ、
うらうらと咽ぶらし、歌をきけ。
われらまた祖先《みおや》らが血によりて

洗礼《そそ》がれし仮名文の御経にぞ
主よ永久《とは》に恵みあれ、われらも、と
鴿率《ゐ》つつ禱らまし、帆をしぼれ。
はやも聴け、鐘鳴りぬ、わが子らよ、
御堂にははや夕の歌きこえ、
蠟の火もくゆるらし、艣を抜けよ。

ただ秘めよ

曰《い》ひけるは、
あな、わが少女《をとめ》、
天艸の蜜の少女よ。
汝が髪は烏のごとく、
汝が唇《くち》は木の実の紅《あけ》に没薬《もつやく》の汁滴らす。
わが鴿よ、わが友よ、いざともに擁《いだ》かまし。
薫《くゆり》濃き葡萄の酒は

玻璃《ぎやまん》の壺に盛るべく、
もたらしし麝香の臍《ほぞ》は
汝が肌の百合に染めてむ。
よし、さあれ、汝が父に、
よし、さあれ、汝が母に、
ただ秘めよ、ただ守れ、斎《いつ》き死ぬまで、
虐《しひたげ》の罪の鞭《しもと》はさもあらばあれ、
ああただ秘めよ、御《み》くるすの愛の徴《しるし》を。

さならずば

わが家の
わが家《いへ》の可愛ゆき鴿を
その雛を
汝《なれ》せちに恋ふとしならば、
いでや子よ、

逃れよ、早も邪宗門外道《げだう》の教、
かくてまた遠き祖《おや》より伝へこし秘密の聖礫《くるす》
とく柱より取りいでよ。もし、さならずば
もろもろの麝香のふくろ、
桂枝、はた、没薬、蘆薈《ろくわい》
および乳、島の無花果、
如何に世のにほひを積むも、――
さならずば、
もしさならずば――
汝いかに陳じ泣くとも、あるは、また
護摩焚き修し、伴天連の救よぶとも、
ああ遂に詮業《せんすべ》なけむ。いざさらば
接吻《くちつけ》の妙なる蜜に、
女子《をみなご》の葡萄の息に、
いで『ころべ』いざ歌へ、わかうどよ。

青き花

そは暗きみどりの空に
むかし見し幻なりき。
青き花
かくてたづねて、
日も知らず、また、夜も知らず、
国あまた巡りありきし
そのかみの
われや、わかうど。

そののちも人とうまれて、
微妙《いみじ》くも奇しき幻
ゆめ、うつつ、
香こそ忘れね、
かの青き花をたづねて、

ああ、またもわれはあえかに
人の世の
旅路に迷ふ。

君

かかる野に
何時かありけむ。
仏手柑《ぶしゆかん》の青む南国
薫る日の光なよらに
身をめぐりほめく物の香、
鳥うたひ、
天《そら》もゆめみぬ。
何時の世か
君と識りけむ。

黄金《こがね》なす髪もたわたわ、
みかへるか、あはれ、つかのま
ちらと見ぬ、わかき瞳に
にほひぬる
かの青き花。

夕

あたたかに海は笑ひぬ。
花あかき夕日の窓に、
手をのべて聴くとしもなく
薔薇《さうび》摘み、ほのかに愁ふ。
いま聴くは市の遠音か、
波の音か、過ぎし昨日か、
はた、淡き今日のうれひか。

あたたかに海は笑ひぬ。
ふと思ふ、かかる夕日に
白銀《しろがね》の絹衣《すずし》ゆるがせ、
いまあてに花摘みながら
かく愁ひ、かくや聴くらむ、
紅《くれなゐ》の南極星下《なんきよくせいか》
われを思ふ人のひとりも。

あかき木の実

暗きこころのあさあけに、
あかき木の実ぞほの見ゆる。
しかはあれども、昼はまた
君といふ日にわすれしか。
暗きこころのゆふぐれに、
あかき木の実ぞほの見ゆる。

なわすれぐさ

面帕《おもぎぬ》のにほひに洩れて、
その眸すすり泣くとも、──
空いろに透きて、葉かげに
今日も咲く、なわすれの花。

わかき日の夢

水透ける玻璃のうつはに、
果《み》のひとつみづけるごとく、
わが夢は燃えてひそみぬ。
ひややかに、きよく、かなしく。

『思ひ出』

序詩

思ひ出は首すぢの赤い螢の
午後《ひるすぎ》のおぼつかない触覚《てざはり》のやうに、
ふうわりと青みを帯びた
光るとも見えぬ光？

あるひはほのかな穀物の花か、
落穂ひろひの小唄か、
暖かい酒倉の南で
ひき揉《む》しる鳩の毛の白いほめき？

音色ならば笛の類、
蟾蜍《ひきがへる》の啼く

医師の薬のなつかしい晩、
薄らあかりに吹いてるハーモニカ。
匂ならば天鵝絨《びらうど》、
骨牌《かるた》の女王《クイン》の眼、
道化たピエローの面の
なにかしらさみしい感じ。
放埓の日のやうにつらからず、
熱病のあかるい痛みもないやうで、
それでゐて暮春のやうにやはらかい
思ひ出か、たゞし、わが秋の中古伝説《レヂエンド》?

骨牌の女王の手に持てる花

わかい女王《クイン》の手にもてる

黄なる小花ぞゆかしけれ。
なにか知らねど、蘂《しべ》赤きかの草花のかばいろは
阿留加里をもて色変へし愁の華か、なぐさめか、
ゆめの光に咲きいでて消ゆるつかれか、なつかしや。

五月ついたち、大蒜《にんにく》の
黄なる花咲くころなれば
忠臣蔵の着物きて紺の燕も翔るなり、
銀の喇叭に口あててオペラ役者も踊るなり。
されど昼餐《ひるげ》のあかるさに
老嬢《オウルドミス》の身の薄くナイフ執るこそさみしけれ。

西の女王の手にもてる
黄なる小花ぞゆかしけれ。
何時も哀しくつつましく摘みて凝視《みつ》むるそのひとの
深き目つきに消ゆる日か、過ぎしその日か、憐憫《あはれみ》か、
老嬢の身の薄くひとりあるこそさみしけれ。

みなし児

あかい夕日のてる坂で
われと泣くよならつぱぶし……

あかい夕日のてるなかに
ひとりあやつる商人《あきうど》のほそい指さき、舌のさき、
糸に吊られて、譜につれて、
手足顫はせのぼりゆく紙の人形のひとおどり。

あかい夕日のてる坂で
やるせないぞへ、らつぱぶし、
笛が泣くのか、あやつりか、なにかわかねど、ひとすぢに
糸に吊られて、音につれて、
手足顫はせのぼりゆく戯《おど》け人形のひとおどり。

なにかわかねど、ひとすぢに
見れば輪廻が泣いしやくる。
たよるすべなき孤児《みなしご》のけふ日《び》の寒さ、身のつらさ、
思ふ人には見棄てられ、商人の手にや弾かれて、
糸に吊られて、譜につれて、
手足顫はせのぼりゆく紙の人形のひとおどり。

あかい夕日のてる坂で
消えも入るよならつぱぶし……

人形つくり

長崎の、長崎の
人形つくりはおもしろや、
色硝子……青い光線《ひすぢ》の射すなかで
白い埴《ねばつち》こねまはし、糊で溶かして、砥の粉を交ぜて、

つい、とろり、と轆轤にかけて、
伏せてかへせば頭が出来る。
その頭は空虚《うつろ》の頭、
白いお面がころころと、ころころと……

ころころと転ぶお面を
わかい男が待ち受けて、
青髯の、銀のナイフが待ち受けて、
眶《まぶた》、眶、薄う瞑《つぶ》つた眶を突いて、きゆつと抉ぐつて両眼あける。
昼の日なかにいそがしく、
いそがしく。

長崎の、長崎の
人形つくりはおそろしや。
色硝子……黄色い光線の射すなかで
肥満女《ふとつちよ》の回々教徒《フイフイ》の紅頭巾、唖か、聾か、にべもなくそこらここらと撰んで分けて撮《つま》む眼玉は何々ぞ。
青と黒、金と鳶色、魚眼《うをめ》の硝子が百ばかり。
その眼玉も空虚の眼玉、
ちよいとつまんで眶へ当てて
面《おもて》よく見て、後をつけて、合はぬ眼玉はちよと弾き、
ちよと弾き
嵌めた、嵌めたよ、両眼嵌めた……
露西亜の女郎衆が、女郎が義眼《いれめ》をはめるよに、
凄《すご》やをかしや、白粉刷毛でさつと洗つてにたにたと。
外ぢや五月の燕《つばくらめ》ついついひらりと飛び翔る。

長崎の、長崎の
人形つくりはおもしろや。
色硝子……紅い血のよな日のかげで
白髪あたまの魔法爺《おやぢ》が真面目顔、じつと睨んで、手足を寄せて、
胴に針金、お面に鬘《かつら》、寄せて集めて児が出来る。

断章ヨリ

一

今日もかなしと思ひしか、ひとりゆふべを、
銀の小笛の音もほそく、ひとり幽かに、
すすり泣き、吹き澄ましたるわがこころ、
薄き光に。

二

ああかなし、
あはれかなし、
君は過ぎます、
薫《くゆり》いみじきメロデアのにほひのなかに、
薄れゆくクラリネットの音のごとく、
君は過ぎます。

三

ああかなし、
あえかにもうらわかきああわが君は、
ひともとの芥子の花そが指に、香のくれなゐを
いと薄きうれひもてゆきずりに触れて過ぎゆく。

四

あはれ、わが君おもふヸオロンの静かなるしらべのなかに、
いつもいつも力なくまぎれ入り、鳴きさやぐ驢馬のにほひよ、
あはれ、かの野辺に寝ねて、名も知らぬ花のおもてに、
あはれ、あはれ、酸ゆき日のなげかひをわれひとり嗅ぎそめてより。

二十二

わが友はいづこにありや。
晩秋《おそあき》の入日の赤さ、さみしらにひとり眺めて、
搔いさぐるピアノの鍵の現《うつつ》なき高音のはしり、

かくてはや、独身《ひとりみ》の、独身の今日も過ぎゆく。

二十四

泣かまほしさにわれひとり、
冷やき玻璃戸に手もあてつ、
窻《まど》の彼方はあかあかと沈む入日の野ぞ見ゆる。
泣かまほしさにわれひとり。

三十三

あはれ、去年《こぞ》病みて失せにし
かのわかき弁護士の庭を知れりや。
そは、街の角の貸家の
褪めはてし飾硝子の戸を覗け、草に雨ふり、
色紅き罌粟のひともと濡れ濡れて燃えてあるべし。
あはれまた、そのかみの夏のごとくに。

三十九

忘れたる、
忘れたるにはあらねども……
ゆかしとも、恋ひしともなきその人の
なになればふともかなしく、
今日の日の薄暮《くれがた》のなにかさは青くかなしき、
忘れたる、
忘れたるにはあらねども……

四十八

なにゆゑに汝は泣く、
あたたかに夕日にほひ、
たんぽぽのやはき溜息野に蒸して甘くちらぼふ。
さるを女、
なにゆゑに汝は泣く。

四十九

あはれ、人妻、

ふたつなきフランチエスカの物語
かたらふひまもみどり児は声を立てつつ、
かたはらを匍ひもてありく、
君はまた、ただきりげなし。
あはれ、人妻。

六十一

新詩社にありしそのかみ、
などてさは悲しかりし。
銀笛を吹くにも、
ひとり路をゆくにも、
歌つくるにも、
などてさは悲しかりし。
をさなかりしその日。

初恋

薄らあかりにあかあかと
踊るその子はただひとり。
薄らあかりに涙して
消ゆるその子もただひとり。
薄らあかりに、おもひでに、
踊るそのひと、そのひとり。

泣きにしは

美はしき、そは兎《と》まれ、人妻よ。
ほのかにも唇《くち》ふれて泣きにしは、
君ならじ、我ならじ、その一夜。
青みゆく蠟の火と月光《つきかげ》と、

瞬間《たまゆら》にほのぼのとくちつけて
消えにしを、落ちにしを、その一夜。
さるになど光ある御空より
君はまた香を求め泣き給ふ。
あな、あはれ、その一夜、泣きにしは
君ならじ、そのかみのわが少女。

カステラ

カステラの縁の渋さよな、
褐色《かばいろ》の渋さよな、
粉のこぼれが眼について、
ほろほろと泣かるる。
まあ、何とせう、
赤い夕日に、うしろ向いて
ひとり植ゑた石竹。

青いソフトに

青いソフトにふる雪は
過ぎしその手か、ささやきか、
酒か、薄荷《はつか》か、いつのまに
消ゆる涙か、なつかしや。

時は逝く

時は逝く。赤き蒸汽の船腹《ふなばら》の過ぎゆくごとく、
穀倉《こくぐら》の夕日のほめき、
黒猫の美くしき耳鳴のごと、
時は逝く。何時しらず、柔かに陰影《かげ》してぞゆく。
時は逝く。赤き蒸汽の船腹の過ぎゆくごとく。

身熱

母なりき、
われかき抱き、
ザボンちる薄き陰影より
のびあがり、泣きて透かしつ
『見よ、乳母の棺《ひつぎ》は往く。』と。

時に白日《ひる》、
大路青ずみ、
白き人列《つら》なし去んぬ。
刹那、また、火なす身熱、
なべて世は日さへ爛れき。

病むごとに、
母は歎きぬ。

『身熱に汝は乳母焦がし、
また、JOHN よ、母を。』と。――今も
われ青む。かかる恐怖《おそれ》に。

水ヒアシンス

月しろか、いな、さにあらじ。
薄ら日か、いな、さにあらじ。
あはれ、その仄《ほの》のにほひの
などもさはいまも身に泌む。
さなり、そは薄き香のゆめ。
ほのかなる暮の汀《みぎは》を、
われはまた君が背に寝て、
なにうたひ、なにかかたりし。

そも知らね、なべてをさなく
忘られし日にはあれども、
われは知る、二人溺れて
ふと見し、水ヒアシンスの花。

青き甕

青き甕にはよくコレラ患者の死骸を入れたり、これらを幾個となく
担ぎゆきし日のいかに恐ろしかりしよ、七歳の夏なりけむ。

『青甕ぞ。』——街衢《ちまた》に声す。
大道に人かげ絶えて
早や七日、溝に血も饐《す》え、
悪虫の羽風の熱さ。
日も真夏、火の天《そら》爛れ、
雲燥《い》りぬ。——大家《たいけ》の店に、

人々は墓なる恐怖《おそれ》。
香くすべ、青う寝そべり、
煙管《きせる》とる肱もたゆげに、
蛇のごと眼のみ光りぬ。

『青甕ぞ。』――今こそ家族《やから》、
『声す。』『聴け。』『血糊の足音《あのと》。』
『何もなし。』――やがて寂莫。――
秒ならず、荷担夫《にかつぎ》一人、
次に甕、(これこそ死骸《むくろ》、)
また男。――がらす戸透かし
つと映る刹那――真青に
甕なるが我を睨みぬ。
父なりき。――(父は座にあり。)――
ひとつ眼の呪咀《のろひ》の光。
『青甕ぞ。』――日もこそ青め、

言葉なし。――蛇のとぐろを
香匐《は》ひぬ、苦熱の息吹。
また過ぎぬ、ひひら笑ひぬ。
母なりき。――（母も座にあり。）――
がらす戸の冷たき皺《しわ》み。
やがてまた一列、――あなや、
我なりき。――青き小甕に、
歃《さ》歔《ぐ》りつつ黒き血吐くと。
刹那見ぬ、地獄の恐怖。

石竹の思ひ出

なにゆゑに人々の笑ひしか。
われは知らず、
え知る筈なし、
そは稚《いとけな》き三歳のむかしなれば。

暑き日なりき。
物音もなき夏の日のあかるき真昼なりき。
息ぐるしく、珍らしく、何事か意味ありげなる。

誰が家か、われは知らず。
われはただ老爺《ヂイヤン》の張れる黄色かりし提燈を知る。
目のわろき老婆《バン》の土間にて割きつつある
青き液《しる》出す小さなる貝類のにほひを知る。

わが悩ましき昼寝の夢よりさめたるとき、
ふくらなる或る女の両手は
弾機《ばね》のごとも慌てたる熱き力もて
かき抱き、光れる縁側へと連れゆきぬ。
花ありき、赤き小さき花、石竹の花。

無邪気なる放尿……

幼児は静こころなく凝視《みつ》めつつあり。
赤き赤き石竹の花は痛きまでその瞳にうつり、
何ものか、背後《うしろ》にて擽《こそば》ゆし、絵艸紙の古ぼけし手触にや。

なにごとの可笑さぞ。
数多《あまた》の若き漁夫《ロッキュ》と着物つけぬ女との集まりて、
珍らしく、恐ろしきもの、
そを見むと無益にも霊《たまし》動かす。

柔かき乳房もて頭《かべ》を圧され、
幼児は怪しげなる何物をか感じたり。
何時までも何時までも、五月蠅く、なつかしく、やるせなく、
身をすりつけて女は呼吸《いき》す、
その汗の臭の強さ、くるしさ、せつなさ、
恐ろしき何やらむ背後にぞ居れ。

なにゆゑに人々の笑ひつる、

われは知らず、
え知る筈なし、
そは稚き三歳の日のむかしなれば。

暑き日なりき、
物音もなき鹹河《しほがは》の傍のあかるき真昼なりき。
蒸すが如き幼年の恐怖《おそれ》より
尿《いばり》しつつ……われのただ凝視めてありし
赤き花、小さき花、目に痛き石竹の花。

願人坊

雪のふる夜の倉見れば
願人坊を思ひ出す。
願人坊は赤頭巾、
目も鼻もなく、真白な

のつぺらぽんの赤頭巾。

「ちよぼくれちよんがら、そもそもわつちが
のつぺらぽんのすつぺらぽん、すつぺらぽんののつぺらぽんの、
坊主になつたる所謂《いはく》因縁きいてもくんねへ、
しかも十四のその春はじめて」……
踊り出したる悪玉が
願人坊の赤頭巾。

かの雪の夜の酒宴《さかもり》に、
我が顫へしは恐ろしきあるものの面《かほ》、「色のいの字の」
白き道化がひと踊……

乳母の背なかに目を伏せて
恐れながらにさし覗き、
淫らがましき身振をば幽かにこころ疑ひぬ、
なんとなけれどおもしろく。

「お松さんにお竹さん、椎茸さんに干瓢さんと……
手練手管」が何ごとか知らぬその日の赤頭巾、
悪玉踊の変化もの。

雪のふる夜の倉見れば
願人坊を思ひ出す。
雪のふる夜に、戯《おど》けしは
酒屋男の尻かろの踊り上手のそれならで、
最も醜く美しく饑ゑてひそめる仇敵、
おのが身の淫《たほれ》ごころと知るや知らずや。

あかんぼ

昨日うまれたあかんぼを、
その眼を、指を、ちんぼこを、

真夏真昼の醜さに
憎さも憎く睨む時。

何かうしろに来る音に
はつと恐れてわななきぬ。
『そのあかんぼを食べたし。』と
黒い女猫がそつと寄る。

糸車

糸車、糸車、しづかにふかき手のつむぎ
その糸車やはらかにめぐる夕ぞわりなけれ。
金と赤との南瓜《たうなす》のふたつ転がる板の間に、
「共同医館」の板の間に、
ひとり坐りし留守番のその媼《おうな》こそさみしけれ。

耳もきこえず、目も見えず、かくて五月となりぬれば、
微かに匂ふ綿くづのそのほこりこそゆかしけれ。
硝子戸棚に白骨のひとり立てるも珍らかに、
水路のほとり月光の斜に射すもしをらしや。
糸車、糸車、しづかに黙《もだ》す手の紡ぎ、
その物思やはらかにめぐる夕ぞわりなけれ。

蛍

夏の日なかのヂキタリス、
釣鐘状《がた》に汗つけて
光るこころもいとほしや。
またその陰影《かげ》にひそみゆく
蛍のむしのしをらしや。

そなたの首は骨牌《トランプ》の

赤いヂヤッグの帽子かな、
光るともなきその尻は
感冒《かぜ》のここちにほの青し、
しをれはてたる幽霊か。

ほんに内気な蛍むし、
嗅げば不思議にむしあつく、
甘い薬液《くすり》の香も湿る、
昼のつかれのしをらしや。
白い日なかのヂキタリス。

青いとんぼ

青いとんぼの眼を見れば
緑の、銀の、エメロウド、
青いとんぼの薄き翅《はね》

燈心草の穂に光る。
青いとんぼの飛びゆくは
魔法つかひの手練かな。
青いとんぼを捕ふれば
女役者の肌ざはり。
青いとんぼの奇麗さは
手に触るすら恐ろしく、
青いとんぼの落つきは
眼にねたきまで憎々し。
青いとんぼをきりきりと
夏の雪駄で蹈みつぶす。

にくしみ

青く黄の斑《ふ》のうつくしき
やはらかき翅《は》の蝶《チユウツケ》を、
ピンか、紅玉《ルビイ》か、ただひとつ、
肩に星ある蝶を
強ひてその手に渡せども
取らぬ君ゆゑ目もうちぬ。
夏の日なかのにくしみに、
泣かぬ君ゆゑその唇《くち》に
青く、黄の粉の恐ろしき
にくらしき翅をすりつくる。

爪紅

いさかひしたるその日より
爪紅《つまぐれ》の花さきにけり、
TINKA ONGO の指さきに
さびしと夏のにじむべく。

Tinka ongo. 小さき令嬢。柳河語。

敵

いづこにか敵のゐて、
敵のゐてかくるるごとし。
酒倉のかげをゆく日も、
街の問屋に
銀紙買ひに行くときも、
うつし絵を手の甲に押し、
手の甲に押し、
夕日の水路見るときも、

ただひとりさまよふ街の
いづこにか敵のゐて
つけねらふ、つけねらふ、静こころなく。

たそがれどき

たそがれどきはけうとやな、
傀儡師《くぐつまはし》の手に踊る
華魁《おいらん》の首生じろく、
かつくかつくと目が動く……
たそがれどきはけうとやな、
濶に堕《おと》した黒猫の
足音もなく帰るころ、
人霊もゆく、家の上を。

たそがれどきはけうとやな、
馬に載せたる鮪《しび》の腹
薄く光つて滅《き》え去れば、
店の時計がチンと鳴る。

たそがれどきはけうとやな、
日さへ暮るれば、そつと来て
生胆取の青き眼が
泣く児欲しやと戸を覗く……
たそがれどきはけうとやな。

春のめざめ

JOHN, JOHN, TONKA JOHN,
油屋[1]の JOHN, 酒屋の JOHN, 古問屋《ふつどいや》の JOHN,

我儘で派美《はで》好きな YOKARAKA JOHN.[2]
“SORI-BATTEN!”
南風《はえ》が吹けば菜の花畑のあかるい空に、
真赤な真赤な朱のやうな MEN[3] が
大きな朱の凧が自家《うち》から揚る。
“SORI-BATTEN!”

麴室《むろ》の長い冬のむしあつさ、
そのなかに黒い小猫を抱いて忍び込み、
皆して骨牌《トランプ》をひく、黄色い女王《クイン》の感じ。
“SORI-BATTEN!”

女の子とも、飛んだり跳ねたり、遊びまはり、
今度は熱病のやうに読み耽る、
ああ、ああ、舶来のリイダアの新らしい版画の手触り。
“SORI-BATTEN!”

夏の日が酒倉の冷たい白壁に照りつけ、
ちゆうまえんだに天鵞絨葵《あふひ》の咲く
六月が来た、くちなはが堀をはしる。
"SORI-BATTEN!"

秋のお祭がすみ、立つてゆく博多二〇加のあとから
戦のやうな酒つくりがはじまる、
金色の口あたりのよい日本酒。
"SORI-BATTEN!"

TONKA JOHN の不思議な本能の世界が
魔法と、長崎と、和蘭陀の風車に
思ふさま張りつめる……食慾が躍る。
"SORI-BATTEN!"

父上、母上、さうして小さい JOHN と GONSHAN.[4]

痛いほど香ひだす皮膚から、霊魂の恐怖から、
真赤に光つて暮れるTONKA JOHNの十三歳。
"SORI-BATTEN!" "SORI-BATTEN!"

1. 油屋、酒屋、古問屋。油屋はわが家の屋号にて、そのむかし油を鬻ぎしといふにもあらず。酒造のかたはら、旧くより魚類及穀物の問屋を業としたるが故に古問屋と呼びならはしぬ。
2. Yokaraka John. 善良なる児、柳河語。
3. 朱のMen. 朱色人面の凧、その大きなるは直径十尺を超ゆ。その他は概ね和蘭凧の菱形のものを用ゆ。
4. Gonshan. 良家の令嬢。柳河語。

夜

夜は黒……銀箔の裏面《うら》の黒。
滑らかな瀉海《がたうみ》の黒、
さうして芝居の下幕《さげまく》の黒、

幽霊の髪の黒。

夜は黒……ぬるぬると蛇《くちなは》の目が光り、
おはぐろの臭のいやらしく、
千金丹の鞄がうろつき、
黒猫がふわりとあるく……夜は黒。

夜は黒……おそろしい、忍びやかな盗人の黒、
定九郎の蛇目傘、
誰だか頸すぢに触るやうな、
力のない死蛍の翅のやうな。

夜は黒……時計の数字の奇異《ふしぎ》な黒。
血潮のしたたる
生じろい鋏を持つて
生胆取のさしのぞく夜。

夜は黒……瞑《つぶ》つても瞑つても、
青い赤い無数の霊《たましひ》の落ちかかる夜。
耳鳴の底知れぬ夜。
暗い夜。
ひとりぽつちの夜。

夜……夜……夜……

朱欒のかげ

弟よ、
かかる日は喧嘩《いさかひ》もしき。
紫蘇の葉のむらさきを、韮《にら》をまた踏みにじりつつ、
われ打ちぬ、汝打ちぬ、血のいづるまで、
柔かなる幼年の体の
こころよく、こそばゆく手に痛きまで。

豚小屋のうへにザボンの実黄にかがやきて、
腐れたるものの香に日のとろむとき、
われはまた汝が首を擁《いだ》きしめ、擁きしめ、
かぎりなき夕ぐれの味覚に耽る。

ふくれたるその頬をばつねるとき、
わが指はふたつなき諧楽《シムフオニ》を生み、
いと赤き血を見れば、泣声のあふれ狂《たは》へば、
わがこころはなつかしくやるせなく戯れかなしむ。

思ひいづるそのかみの TYRANT.
狂ほしきその愉楽……
今もまた匂高き外光の中
あかあかと二人して落すザボンよ。
その庭のそのゆめの、かなしみのゆかしければぞ、
弟よ、

かかる日は喧嘩もしき。

尿する和蘭陀人

尿《いばり》する和蘭陀人……
あかい夕日が照り、路傍の菜園には
キヤベツの新らしい微風、
切通のかげから白い港のホテルが見える。
十月の夕景か、ぼうつと汽笛のきこゆる。
なつかしい長崎か、香港の入江か、葡萄牙《ホルトガル》？　仏蘭西？
ザボンの果《み》の黄色いかがやき、
そのさきを異人がゆく、女の赤い軽帽《ボンネット》……
尿する和蘭陀人……
そなたは何を見てゐる、彎曲《ゆみなり》の路から、

断層面の赤いてりかへしの下から、
前かがみに腰をかがめた、あちら向きの男よ。
わたしは何時も長閑《のどか》な汝《そなた》の頭上から、
瀟洒な外輪船の出てゆく油絵の夕日に魅せられる。
病気のとき、ねむるとき、さうして一人で泣いてゐる時、
ほんのしばらく立ちとまり、尿する和蘭陀人のこころよ。

柳河

もうし、もうし、柳河じや、
柳河じや。
銅《かね》の鳥居を見やしやんせ。
欄干橋を見やしやんせ。
（馭者は喇叭の音をやめて
赤い夕日に手をかざす。）

薊の生えた
その家は、……
旧いむかしの遊女屋《ノスカイヤ》。
人も住はぬ遊女屋。

裏の BANKO* にゐる人は、……
あれは隣の継娘《ままむすめ》。
継娘。
水に映つたそのかげは、……
そのかげは
母の形見の小手鞠を、
小手鞠を、
赤い毛糸でくるのじや、
涙片手にくるのじや。

もうし、もうし、旅のひと、
旅のひと。
あれ、あの三味をきかしやんせ。
鳰《にほ》の浮くのを見やしやんせ。
(馭者は喇叭の音をたてて、
あかい夕日の街に入る。)

夕焼、小焼、
明日天気になあれ。
＊縁台、葡萄牙の転化か。

酒の黴ヨリ

1

酒屋男は罰被《か》ぶらんが不思議、ヨイヨイ、足で米といで手で流す、
ホンニサイバ手で流す。ヨイヨイヨオイ。

金の酒をつくるは
かなしき父のおもひで、
するどき歌をつくるは
その児の赤き哀歓。

金の酒をつくるも、
するどき歌をつくるも、
よしや、また、わかき娘の
父《てて》知らぬ子供生むとも……

6

人の生るるもとすら
知らぬ女子《をなご》のこころに、
誰が馴れ初めし、酒屋の
にほひか、麦のむせびか。

9

ところも日をも知らねど、
ゆるしひとのいとしさ、
その名もかほも知らねど、
ただ知る酒のうつり香。

15

酒を醸《かも》すはわかうど、
心乱すもわかうど、
誰とも知れぬ、女の
その児の父もわかうど。

24

銀の釜に酒を湧かし、
金の釜に酒を冷やす
わかき日なれや、ほのかに
雪ふる、それも歎かじ。

紺屋のおろく

にくいあん畜生は紺屋《かうや》のおろく、
猫を擁えて夕日の浜を
知らぬ顔して、しやなしやなと。

にくいあん畜生は筑前しぼり、
華奢な指さき濃青に染めて、
金の指輪もちらちらと。

にくいあん畜生が薄情な眼つき、
黒の前掛、毛繻子か、セルか、
博多帯しめ、からころと。

にくいあん畜生と、擁えた猫と、
赤い入日にふとつまされて

潟《がた》に陥《はま》つて死ねばよい。ホンニ、ホンニ……

曼珠沙華

GONSHAN. GONSHAN. 何処へゆく、
赤い、御墓の曼珠沙華《ひがんばな》
曼珠沙華、
けふも手折りに来たわいな。

GONSHAN. GONSHAN. 何本か、
地には七本、血のやうに、
血のやうに、
ちやうど、あの児の年の数。

GONSHAN. GONSHAN. 気をつけな。
ひとつ摘んでも、日は真昼、
日は真昼、

ひとつあとからまたひらく。
GONSHAN. GONSHAN. 何故泣《なし》くろ。
何時まで取つても、曼珠沙華、
曼珠沙華、
恐《こは》や、赤しや、まだ七つ。

旅役者

けふがわかれか、のうえ、
春もをはりか、のうえ、
旅の、さいさい、窓から
芝居小屋を見れば、
よその畑に、のうえ、
麦の畑に、のうえ、
ひとり、さいさい、からしの

花がちる、しよんがいな。

ふるさと

人もいや、親もいや、
小さな街が憎うて、
夜ふけに家を出たれど、
せんすべなしや、霧ふり、
月さし、壁のしろさに
こほろぎがすだくよ、
堀の水がなげくよ、
爪さき薄く、さみしく、
ほのかに、みちをいそげば、
いまだ寝ぬ戸の隙《ひま》より
灯もさし、菱の芽生に、
なつかし、泌みて消え入る

油搾木のしめり香《が》。

『東京景物詩及其他』

公園の薄暮

ほの青き銀色の空気に、
そことなく噴水《ふきあげ》の水はしたたり、
薄明《うすあかり》ややしばしさまかえぬほど、
ふくらなる羽毛頸巻《ボア》のいろなやましく女ゆきかふ。

つつましき枯草の湿るにほひよ……
円形《まろがた》に、あるは楕円に、
劃《かぎ》られし園《その》の配置の黄《き》にほめき、靄に三つ四つ色淡《うす》き紫の弧燈《アアクとう》したしげに光うるほふ。

春はなほ見えねども、園のこころに
いと甘き沈丁《ぢんてう》の苦き蕾《つぼみ》の
刺すがごと沁みきたり、瓦斯《ガス》の薄黄《うすぎ》は
身を投げし霊《なましひ》のゆめのごと水のほとりに。

暮れかぬる電車のきしり……
凋《しを》れたる調和にぞ修道女《しゆうだうめ》の一人消えさり、
裁判《さばき》はてし控訴院に留守居らの点す燈《あかり》は
疲れたる硝子《がらす》より弊私的里《ヒステリイ》の瞳を放つ。

いづこにかすずろげる春の暗示《あんし》よ……
陰影《ものかげ》のそここに、やや強く光劃りて
息ふかき弧燈枯くさの園に歎けば、
面《おも》黄なる病児幽かに照らされて迷ひわづらふ。

朧げのつつましき匂のそらに、
なほ妙にしだれつつ噴水の吐息したたり、
新しき月光《つきかげ》の沈丁に沁みも冷ゆれば
官能の薄らあかり銀笛《ぎんてき》の夜とぞなりぬる。

片恋

あかしやの金と赤とがちるぞえな。
かはたれの秋の光にちるぞえな。
片恋の薄着のねるのわがうれひ
「曳舟《ひきふね》」の水のほとりをゆくころを。
やはらかな君が吐息のちるぞえな。
あかしやの金と赤とがちるぞえな。

露台

やはらかに浴《ゆあ》みする女子のにほひのごとく、
暮れてゆく、ほの白き露台《バルコン》のなつかしきかな。
黄昏《たそがれ》のとりあつめたる薄明《うすあかり》
そのもろもろのせはしなきどよみのなかに、
汝《な》は絶えず来る夜《よ》のよき香料をふりそそぐ。
また古き日のかなしみをふりそそぐ。

汝がもとに両手《もろて》をあてて眼病の少女はゆめみ、
欝金香《うこんかう》くゆれるかげに忘られし人もささやく、
げに白き椅子の感触《さはり》はふたつなき夢のさかひに、
官能の甘き頸《うなじ》を捲きしむる悲愁《かなしみ》の腕《かひな》に似たり。

いつしかに、暮るとしもなき窻《まど》あかり、
七月の夜《よる》の銀座となりぬれば

静こころなく呼吸《いき》しつつ、柳のかげの
銀緑の瓦斯《ガス》の点りに汝《なれ》もまた優になまめく、
四輪車の馬の臭気《にほひ》のただよひに黄なる夕月
もの甘き花梔子《はなくちなし》の薫《くゆり》してふりもそそげば、
病める児のこころもとなきハモニカも物語《レヂエンド》のなかに起りぬ。

秋

日曜の朝、「秋」は銀かな具《ぐ》の細巻の
絹薄き黒の蝙蝠傘《かうもり》さしてゆく、
紺の背広に夏帽子、
黒の蝙蝠傘さしてゆく、

瀟洒にわかき姿かな。「秋」はカフスも新らしく
カラも真白につつましくひとりさみしく歩み来ぬ。
波うちぎはを東京の若紳士めく靴のさき。

午前十時の日の光海のおもてに広重《ひろしげ》の
藍を燻《いぶ》して、虫のごと白金《プラチナ》のごと閃めけり。
かろく冷たき微風《そよかぜ》も鹹《しほ》をふくみて薄青し、
「秋」は流行《はやり》の細巻の
黒の蝙蝠傘さしてゆく。

日曜の朝、「秋」は匂ひも新らしく
新聞紙折り、さはやかに衣囊《かくし》に入れて歩みゆく、
寄せてくづるる波がしら、濡れてつぶやく銀砂の、
靴の爪さき、足のさき、パッチパッチと虫も鳴く。
「秋」は流行の細巻の
黒の蝙蝠傘さしてゆく。

おかる勘平

おかるは泣いてゐる。
長い薄明《うすあかり》のなかでびろうど葵の顫へてゐるやうに、
やはらかなふらんねるの手ざはりのやうに、
きんぽうげ色の草生《くさぶ》から昼の光が消えかかるやうに、
ふわふわと飛んでゆくたんぽぽの穂のやうに。

泣いても泣いても涙は尽きぬ、
勘平さんが死んだ、勘平さんが死んだ、
わかい奇麗な勘平さんが腹切つた……

おかるはうらわかい男のにほひを忍んで泣く、
麹室《かうじむろ》に玉葱の咽《む》せるやうな強い刺戟だつたと思ふ。
やはらかな肌ざはりが五月ごろの外光のやうだつた、

紅茶のやうに熱《ほて》つた男の息、
抱擁《だきし》められた時、昼間の塩田が青く光り、
白い芹の花の神経が、鋭くなつて真蒼に凋れた、
別れた日には男の白い手に烟硝《えんせう》のしめりが沁み込んでゐた、
駕にのる前まで私はしみじみと新しい野菜を切つてゐた……

その勘平は死んだ。

おかるは温室のなかの孤児《みなしご》のやうに、
いろんな官能の記憶にそそのかされて、
楽しい自身の愉楽に耽つてゐる。

（人形芝居の硝子越しに、あかい柑子の実が秋の夕日にかがやき、
　黄色く霞んだ市街の底から河蒸気の笛がきこゆる。）
おかるは泣いてゐる。
美くしい身振の、身も世もないといふやうな、

迫つた三味《しやみ》に連れられて、
チヨボの佐和利《さはり》に乗つて、
泣いて泣いて溺れ死にでもするやうに
おかるは泣いてゐる。

（色と匂と音楽と。
勘平なんかどうでもいい。）

夜ふる雪

蛇目《じやのめ》の傘にふる雪は
むらさきうすくふりしきる。
空を仰げば松の葉に
忍びがへしにふりしきる。

酒に酔うたる足もとの
薄い光にふりしきる。
拍子木をうつはね幕の
遠いこころにふりしきる。

思ひなしかは知らねども
見えぬあなたもふりしきる。
河岸の夜ふけにふる雪は
蛇目の傘にふりしきる。

水の面《おもて》にその陰影《かげ》に
むらさき薄くふりしきる。
酒に酔うたる足もとの
弱い涙にふりしきる。

声もせぬ夜のくらやみを
ひとり通ればふりしきる。
思ひなしかはしらねども
こころ細かにふりしきる。
蛇目の傘にふる雪は
むらさき薄くふりしきる。

銀座の雨

雨……雨……雨……
雨は銀座に新らしく
しみじみとふる、さくさくと、
かたい林檎の香のごとく、

舗石《しきいし》の上、雪の上。

黒の山高《やまたか》帽、猟虎《ラッコ》の毛皮、
わかい紳士は濡れてゆく。
蝙蝠《かうもり》傘の小さい老婦も濡れてゆく。
……黒の喪服と羽帽子《はねばうし》。
好《す》いた娘の蛇目傘《じやのめがさ》。
しみじみとふる、さくさくと、
雨は林檎の香のごとく。
はだか柳に銀緑《ぎんりよく》の
冬の瓦斯点《つ》くしほらしさ、
棚の硝子にふかぶかと白い毛物の春支度。
肺病の子が肩掛の
弱いためいき。
波斯《ペルシヤ》の絨氈《じゆたん》、
洋書《ほん》の金字《きんじ》は時雨《しぐれ》の霊《たまし》、

Henri De Régnier《アンリイドレニエ》が曇り玉、
息ふきかけてひえびえと
雨は接吻《きつす》のしのびあし、
さても緑の、宝石の、時計、磁石のわびごころ、
わかいロテイのものおもひ。
絶えず顫へていそしめる
お菊夫人の縫針の、人形ミシンのさざめごと。
雪の青さに片肌ぬぎの
たぼもつやめく髪の型、つんとすねたり、かもじ屋に
紺は匂ひて新らしく。
白いピエロの涙顔。
熊とおもちやの長靴は
児供ごころにあこがるる
サンタクロスの贈り物。
外はしとしと淡雪《うすゆき》に
沁みて悲しむ雨の糸。

雨は林檎の香のごとく
しみじみとふる、さくさくと、
扉《ドア》を透かしてふる雨は
Verlaine《ヴエルレエイヌ》の涙雨、
赤いコップに線《すぢ》を引く、
ひとり顫へてふりかくる
辛い胡椒に線を引く、
されば声出す針の尖《さき》、蓄音器屋にチカチカと
廻るかなしさ、ふる雨に
酒屋の左和利、三勝もそつと立ちぎく忍び泣き。
それもそうかえ淡雪の
光るさみしさ、うす青さ、
白いシヨウルを巻きつけて
鳥も鳥屋に涙する。
椅子も椅子屋にしよんぼりと
白く寂しく涙する。
猫もしよんぼり涙する。

人こそ知らね、アカシヤの
性の木の芽も涙する。
雨……雨……雨……
雨は林檎の香のごとく
冬の銀座に、わがむねに、
しみじみとふる、さくさくと。

『真珠抄』（「印度更紗」第一輯）

真珠抄　短唱

わが心は玉の如し、時に曇り、折にふれて虔ましき悲韻を成す。哀歓とどめがたし、ただ常住のいのちに縋る。真実はわが所念、真珠は海の秘宝、音に秘めて涙ながせよ。

潤《うる》ほひあれよ真珠玉幽かに煙れわがいのち

月光礼讃

猫のあたまにあつまれば光は銀のごとくなりわれらが心に沁み入れば月かげ
懺悔のたねとなる

巡礼

ひとり旅こそ仄かなれ空ははるばる身はうつつ
巡礼のふる鈴はちんからころりと鳴りわたる一心に縋りまつればの

煙

煙は寥《さみ》しやむごともなし立つな煙よ
幽かに煙のもつるるはわが常住《じやうぢゆう》の姿なり幽かなれ煙

乾　草

秋の野にいづあまりに明るかりければ
乾草に火を点けむぞ
きりぎりすきりぎりす

『白金之独楽』（「印度更紗」第二輯）

白金ノ独楽

感涙ナガレ、身ハ仏《ホトケ》、
独楽《コマ》ハ廻レリ、指尖《ユビサキ》ニ。

カガヤク指ハ天ヲ指シ、
極マル独楽ハ目ニ見エズ。

円転、無念無想界、
白金《ハッキン》ノ独楽音《ネ》モ澄ミワタル。

生命

光リカガヤク円《マロ》キモノ
アタリマバユクフリカヘル。

光リカガヤク円キモノ
アタリマバユク目ヲツブル。
光リカガヤク円キモノ、
光リ澄ミツツ掌ヲ合ス。

掌

光リカガヤク掌《テノヒラ》ニ
金ノ仏ゾオハスナレ。
光リカガヤク掌ニ
ハット思ヘバ仏ナシ。
光リカガヤク掌ヲ

ウチカヘシテゾ日モスガラ。

佇立

海マンマントウネレドモ、
不二レイロウトオハセドモ、
佇《タタズ》ムモノハワレヒトリ、
コボルルモノハワガ涙。

ヲガハ

ナガルルミヅハイツシンニ
ヒカリミナギリ、ヲドリユク。
イツポンカカルマルキバシ、
ウヲハソノヘヲトビコユル。

ナガメ

カガヤクモノハミナキエヌ、
キエタルモノハマタヒカル、
ヒカリ、キエ、
キエ、ヒカリ、
ヒカリツキセズ、ヒネモス、ケフモ。

罪人

光リカガヤク槍ブスマ、
素肌ニウケテ、身ジロガネ、
アマリニソソグ日ノ光、
アハレミタマヘト目ヲツブル。

自愛一篇

真実心《シンジツシン》ユヱアヤマラレ、
真実心ユヱタバカラル。
シンジツ口惜《クヤ》シトオモヘドモ、
シンジツ此ノ身ガ棄テラレズ。

他ト我

二人デ居タレドマダ淋シ、
一人ニナツタラナホ淋シ、
シンジツ二人ハ遣瀬《ヤルセ》ナシ、
シンジツ一人ハ堪ヘガタシ。

肖像

アタリ眩《マバ》ユキワガ姿、
フット寂シクナル時ハ、
鏡ニ影ノミノコシ置キ、
真《マコト》ノ己《オレ》ハ飛ビ去リヌ。

幻滅

真ト見シハ影ナリキ、
鏡ノ中ノ曼珠沙華《マンジュシャゲ》、
現身《ウツシミ》ナガラ夢ナリキ、
昼ナリケレド夜《ヨル》ナリキ。

ビール樽

コロガセ、コロガセ、ビール樽、
赤イ落日《イリヒ》ノナダラ坂、
トメテモトマラヌモノナラバ
コロガセ、コロガセ、ビール樽。

崖の上の麦畠

真赤なお天道さんが上らつしやる。やつこらさと
鍬を下ろすと、ケンケンケンケン……
鶺鴒《みそつちよ》めが鳴きくさる、
崖の上の麦畠、
天気は快《よ》し、草つ原に露がいつぱいだで、
そこいら中《ぢゆう》ギラギラしてたまんねえ。

九右衛門《くゑもん》さん、麦は上作だんべえ、
蚕豆《そらまめ》もはぢきれさうだ。

ええら、いい凪だな、沖ぢやまだ眠つてゐるだが、
俺ちの崖の下は真蒼だ、
——そうれ、また、さらさら、ざぶん、ざぶん、んん……
尖《と》んがり岩に波がぶつかる、
怖《おつ》かねえほど静かぢやねえかよ、
まるで、はあ、鮑の殻見たいにチラチラするだね。

南風《はえ》が吹きあげる。
やれ、やれ、今日も朝つぱらからむんむんするだぞ。
何でも構うこたねえ、
胸をづんと張りきつてな、うんとかう息を吸ひ込んで見るだ。
熟れ返つた麦の穂がキンラキラして、
うねつたり、凹《くぼ》んだり、
扁平《ひらべつ》たく押つかぶさると、

阿魔女《あまつちよ》でも、何でも、はあ、圧《お》つ倒してやつたくなるだあ。

真赤なお天道さんが燃えあがる、
雲がむくむく燥《わめ》き出す、
狂ひ出すと――吃驚《びつくら》しただが、
畔《くろ》の仔牛が鳴き出す、
わあといふ声がする、
村中で穀物を扱《しご》き出す、
ぢつとして居らんねえ、
俺ちも豆でも捞《もぎ》るべえ。

赤ちやけた麦と蚕豆、
ぐんぐん押しわけてゆくてえと、
たまんねえだぞ……素つ裸で、
地面《ぢべた》にしつかり足をつける、うんと踏んばろ、――
まん円いお天道さんが六角に尖《とが》つて
四方八方真黄色に光り出す。――

そこで、俺ちも小便をする。

赤ちやけた麦と蚕豆、
ほうれ見ろ、旦那さあが
手に一杯《いっぺえ》何だか拡げて
読んで行かつしやるだ、旦那さあ、
大《でっ》けえ新聞だね、東京の新聞けえ、
紙がぷんぷん匂ふだ。

おやあ、蟬が鳴いてるだな、
どうしただか、これ、ふんとに奇異《ふしぎ》だぞ、
熟れ返つた麦ん中で真面目くさつて鳴いてるだ、
あつはつはつ……これ、ふんとに不思議だぞ、
何んでも、はあ、地面《ぢべた》にかぢりついて
一生懸命に鳴いてるだ。

夏が来ただな、夏が来ただな、

海から山から夏が来たな。
あつはつはつはつ……
あつはつはつはつ……

城ケ島の雨

雨はふるふる、城ケ島の磯に、
利休鼠の雨がふる。
雨は真珠か、夜明の霧か、
それともわたしの忍び泣き。
舟はゆくゆく通り矢のはなを、
濡れて帆あげたぬしの舟。
ええ、舟は櫓でやる、櫓は唄でやる。
唄は船頭さんの心意気。
雨はふるふる、日はうす曇る。
舟はゆくゆく、帆がかすむ。

『水墨集』

祭のあと

祭が過ぎた、こほろぎ、
もうおまへの夜《よる》ばかりだ。
甜瓜《メロン》でもかぢらうよ、甜瓜も
それとて杏仁水《きやうにんすゐ》のかをりがする。

祭が過ぎた、あのぞめきも
もう遠い岬へ移つて了つた。
葉巻でも喫はうか、いやいや、
それとてけふ日《び》は舌も荒れたよ。

祭が過ぎた、あれから、
めつきり風まで冴えて寂《さ》びた。

今さら、思ふと名残惜しいが、
それとてやつぱし他《ひと》の祭だ。

祭が過ぎた、こほろぎ、
もうおまへの夜ばかりだ。
　夜空はいよいよ深うなつたが、
　宵から黄色い月の入りです。

祭が過ぎた、たうとう、
山から聴いてて過ぎて了つた。
花火も浜から揚つたやうだが、
それさへおちおち見ずに了つた。

　　雀

いや高く、

さむざむと、まだ、
揺れのこる孟宗の秀《ほ》の、
あはれ、その秀に、
留《と》まりもあへぬ雀の、
一羽雀の、
揺られては、ちち、
吹かれては、ちち、
いづれは散りゆく日あしの
今は冬——すぐに雨なり。

落葉松

一

からまつの林を過ぎて、
からまつをしみじみと見き。

からまつはさびしかりけり。
たびゆくはさびしかりけり。

二

からまつの林を出でて、
からまつの林に入りぬ。
からまつの林に入りて、
また細く道はつづけり。

三

からまつの林の奥も
わが通る道はありけり。
霧雨《きりさめ》のかかる道なり。
山風のかよふ道なり。

四

からまつの林の道は

われのみか、ひともかよひぬ。
ほそぼそと通ふ道なり。
さびさびといそぐ道なり。

五

からまつの林を過ぎて、
ゆゑしらず歩みひそめつ。
からまつはさびしかりけり、
からまつとささやきにけり。

六

からまつの林を出でて、
浅間嶺《あさまね》にけぶり立つ見つ。
浅間嶺にけぶり立つ見つ。
からまつのまたそのうへに。

七

からまつの林の雨は
さびしけどいよよしづけし。
かんこ鳥鳴けるのみなる。
からまつの濡るるのみなる。

八

世の中よ、あはれなりけり。
常なけどうれしかりけり。
山川に山がはの音、
からまつにからまつのかぜ。

あそび　其の一

憂き我をさびしがらせよ閑古鳥　芭蕉

一

あそびこそ尊とかりけれ。

まことよく恍《ほ》れあそぶもの
神ぞただ嘉《よみ》したまはむ。
まことにはあそぶ人なき。

二

身をあげてあそぶ童《わらべ》は
ひたむきに天《あめ》もわすれぬ、
声あげて恍れてあそびぬ。
その声ぞ神のものなる。

三

いと高きこころにあそぶ、
そのどよみ天にいたらむ。
あそびこそ尊とかりけれ、
よく遊べ、みほとけのごと。

四

かうかうと遊ぶこころを
まことには知る人ぞなき。
童のみ神のものなる。
神こそは童なるらめ。

五

御仏のとはのあそびは
ほとほとに尽くる期《ご》ぞなき。
さるからにかなしかるらむ、
ほとほとに堪へもかぬらむ。

六

せめてただ、さみしく、高く、
われはただ遊びほけてむ。
遊びほけ、遊びわすれむ、
涅槃《ニルワナ》のその真澄《ますみ》まで。

饑ゑたるもの

物恋ふる掌《てのひら》の上《へ》に
こんこんと雪はふるなり。
その雪を乞食なめけり。
こんこんと雪は降るなり。

野茨に鳩

おお、ほろろん、ほろろん、ほろほろ、
おお、ほろほろ。
春はふけ、春はほうけて、
古ぼけた草家《くさや》の屋根で、よ。
日がな啼く、白い野鳩が、
啼いても、けふ日《び》は逝《い》つて了《しま》ふ。

おお、ほろろん、ほろほろ、
おお、ほろほろ。
庭も荒れ、荒るるばかしか、
人も来ぬ葎《むぐら》が蔭《かげ》に、よ。
茨《ばら》が咲く、白い野茨《のばら》が、
咲いても、知られず、散つて了ふ。

おお、ほろろん、ほろろん、ほろほろ、
おお、ほろほろ、
何を見ても、何を為《し》てもよ、
ああいやだ、寂しいばかりよ。
椅子が揺れる、白い寝椅子が、
寝椅子もゆさぶりや折れて了ふ。
おお、ほろろん、ほろろん、ほろほろ、
おお、ほろほろ。

日は永い、真昼は深い、
そよ風は吹いても尽きず、よ。
ただだるい、だるい、ばかり、よ、
どうにもかうにも倦んで了ふ。

おお、ほろろん、ほろろん、ほろほろ、
おお、ほろほろ。
空は、空は、いつも蒼い、が、
わしや元《もと》の嬰児《ねんね》ぢやなし、よ。
世は夢だ、野茨の夢だ、
夢なら、醒めたら消えて了ふ。

おお、ほろろん、ほろろん、ほろほろ、
おお、ほろほろ。
気はふさぐ、身体《からだ》は重い、
おおままよ、ねんねが小椅子よ。
子供げて、揺ればば揺れよが、

溜息ばかりが揺れて了ふ。
おお、ほろろん、ほろろん、ほろほろ、
おお、ほろほろ。
昨日《きのふ》まで、堪へても来たが、
明日《あす》ゆゑに、今日は暗し、よ。
人もいや、聞くもいやなり、
それでも独ぢや泣けて了ふ。
おお、ほろろん、ほろろん、ほろほろ、
おお、ほろほろ。
心から、ようも笑へず
さればとて、泣くに泣けず、よ。
煙草でも、それぢや、ふかそか。
煙草も煙になつて了ふ。
おお、ほろろん、ほろろん、ほろほろ、

おお、ほろほろ。
春だ、春だ、それでも春だ。
白い鳩が啼いてほけて、よ、
白い茨《ばら》が咲いて散つて、よ、
かうしてけふ日も暮れて了ふ。

おお、ほろろん、ほろろん、ほろほろ、
おお、ほろほろ。
日は暮れた、昔は遠い、
世も末だ、傾ぶきかけた、よ。
わしや寂びる、いのちは腐る、
腐れていつかと死んで了ふ。

おお、ほろろん、ほろろん、ほろほろ、
おお、ほろほろ。
ほろほろ、ほろろん、
おお、ほろほろ。……

『新頌』

海道東征より

第一章　高千穂

男声（独唱並に合唱）

神坐《ま》しき、蒼空《あをぞら》と共に高く、
み身坐しき、皇祖《すめらみおや》。
遡《はる》かなり我が中空《なかぞら》、
窮み無し皇産霊《すめらむすび》、
いざ仰げ世のことごと、
天《あめ》なるや崇《たか》きみ生《あれ》を。

国成りき、綿津見の潮《しほ》と稚《わか》く、

凝《こ》り成しき、この国土《くにつち》。
邈かなり我が国生《くにうみ》、
おぎろなし天の瓊鉾《ぬぼこ》、
いざ聴けよそのこをろに、
大八洲騰《あが》るとよみを。

皇統《みすまる》や、天照らす神の御裔《みすゑ》、
代々《よよ》坐しき、日向《ひむか》すでに。
邈かなり我が高千穂、
かぎりなし千重《ちへ》の波折《なをり》、
いざ祝《ほ》げよ日の直射《たださ》す
海山のい照る宮居を。

神坐しき、千五百秋《ちいほあき》瑞穂の国、
皇国《すめぐに》ぞ豊葦原。
邈かなり我が肇国《はつくに》、
窮み無し天つみ業《わざ》、

いざ征《た》たせ早や東へ、
光宅《みちた》らせ王沢《みうつくしび》を。

第二章　大和思慕

女声（独唱並に合唱）

大和《やまと》は国のまほろば、
たたなづく青垣山《あをがきやま》。
東《ひむがし》や国の中央《もなか》、
とりよろふ青垣山。
美《うるは》しと誰《た》ぞ隠《こも》る、
誰ぞ天降《あも》るその磐船《いはふね》。
愛《かな》しよ塩土《しほつち》の老翁《をぢ》、
きこえさせその大和を。

大和はも聴《きき》美《うるは》し、
その雲居思《もひ》遥《はる》けし。
美しの大和や、
美しの大和や。

第三章　御船出

男声女声（独唱並に合唱）

その一

日はのぼる、旗雲の豊《とよ》の茜に、
いざ御船出《い》でませや、うまし美《み》々《み》津《つ》を。
海凪ぎぬ、陽炎《かぎろひ》の東《ひがし》に立つと、
いざ行かせ、照り美《ぐは》しその海道《うみぢ》。

海凪ぎぬ、朝ぼらけ潮もかなひぬ、
艫《とも》舳《へ》接《つ》ぎ、大御船《おほみふね》、御船出《みふなで》今ぞ。

その二

あな清明《さや》け、神倭磐余彦《かむやまといはれひこ》、その命《みこと》や、
あな映《は》ゆし、もろもろの皇子《みこ》たちや、その皇兄《いろせ》や。

行でませや、おほらかに大御軍《おほみいくさ》、
まだ蒙《くら》し、遥けきは鴻荒《あらき》に属《あ》へり。

慶《みめぐみ》を皇祖《すめみおや》かく積みましき、
正しきを年のむた養ひましぬ。

神柄《かむがら》や、幾万《いくよろづ》、年経《ふ》りましき、
暉《みひかり》や、かつ重ね、代々坐しましぬ。

和《にぎ》み霊《たま》、また和《やは》せ、ただに安らと、

荒《あら》み霊、まつろはぬいざことむけむ。
大《おほ》御《み》稜威《いつ》い照らすと御船出成りぬ、
日の皇子や、御鉾とり、かく起《た》ちましぬ。

その三

日はのぼる、旗雲の照りの茜を、
いざ御船、出でませや、明《あか》き日向を。
海凪ぎぬ、満潮《みちしほ》のゆたのたゆたに、
いざ行かせ、照り美《ぐは》しその海道《うみつぢ》。
海凪ぎぬ、朝ぼらけ潮もかなひぬ、
艫舳接ぎ、大御船、御船出今ぞ。

〈童謡〉

雨

雨がふります。雨がふる。
遊びにゆきたし、傘はなし、
紅緒《べにを》の木履《かつこ》も緒が切れた。

雨がふります。雨がふる。
いやでもお家《うち》で遊びませう、
千代紙折りませう、たたみませう。

雨がふります。雨がふる。
けんけん小雉子《こきじ》が今啼いた、
小雉子も寒かろ、寂しかろ。

雨がふります。雨がふる。
お人形寝かせどまだ止まぬ。
お線香花火もみな焚いた。

雨がふります。雨がふる。
昼もふるふる。夜もふる。
雨がふります。雨がふる。

赤い鳥小鳥

赤い鳥、小鳥、
なぜなぜ赤い、
赤い実をたべた。

白い鳥、小鳥。
なぜなぜ白い。

白い実をたべた。
青い鳥、小鳥。
なぜなぜ青い。
青い実をたべた。

あわて床屋

春は早うから川辺の葦に、
蟹が店《みせ》出し、床屋でござる。
チヨッキン、チヨッキン、チヨッキンナ。

小蟹ぶつぶつ石鹼《しゃぼん》を溶かし、
親爺《おやぢ》自慢で鋏を鳴らす。
チヨッキン、チヨッキン、チヨッキンナ。

そこへ兎がお客にござる。
どうぞ急いで髪刈っておくれ。
チヨッキン、チヨッキン、チヨッキンナ。

兎ァ気がせく、蟹ァ慌てるし、
早く早くと客ァつめこむし。
チヨッキン、チヨッキン、チヨッキンナ。

邪魔なお耳はぴよこぴよこするし、
そこで慌ててチヨンと切りおとす。
チヨッキン、チヨッキン、チヨッキンナ。

兎ァ怒るし、蟹ァ恥よかくし、
為方《しかた》なくなく穴へと逃げる。
チヨッキン、チヨッキン、チヨッキンナ。

為方なくなく穴へと逃げる。

チヨッキン、チヨッキン、チヨッキンナ。

からたちの花

からたちの花が咲いたよ。
白い白い花が咲いたよ。

からたちのとげはいたいよ。
青い青い針のとげだよ。

からたちは畑《はた》の垣根よ。
いつもいつもとほる道だよ。

からたちも秋はみのるよ。
まろいまろい金のたまだよ。

からたちのそばで泣いたよ。
みんなみんなやさしかつたよ。
からたちの花が咲いたよ。
白い白い花が咲いたよ。

北原白秋歌抄

『桐の花』

銀笛哀慕調《ぎんてきあいぼてう》

春の鳥な鳴きそ鳴きそあかあかと外《と》の面《も》の草に日の入る夕べ（春）

銀笛のごとも哀しく単調《ひとふし》に過ぎもゆきにし夢なりしかな

ヒヤシンス薄紫に咲きにけり早くも人をおそれそめつつ

かくまでも黒くかなしき色やあるわが思ふひとの春のまなざし

にほやかに女の独唱《ソロ》の沈みゆくここちにかなし春も暮るれば（浅草にて）

廃れたる園に踏み入りたんぽぽの白きを踏めば春たけにける。（夏・郷里柳河に帰りてうたへる歌）

病める児はハモニカを吹き夜に入りぬもろこし畑《ばた》の黄なる月の出
日の光金糸雀《カナリヤ》のごとく顫《ふる》ふとき硝子に凭《よ》れば人のこひしき（秋）
日も暮れて櫨《はじ》の実採《みと》りのかへるころ廓《くるわ》の裏をゆけばかなしき（冬・久留米旅情の歌）

初夏晩春

手にとれば桐の反射の薄青き新聞紙こそ泣かまほしけれ（公園のひととき）
ほそぼそと出臍《でべそ》の小児《こども》笛を吹く紫蘇《しそ》の畑の春のゆふぐれ（郊外）
太葱《ふとねぎ》の一茎ごとに蜻蛉《とんぼ》ゐてなにか恐るるあかき夕暮
いつしかに春も名残となりにけり昆布干場のたんぽぽの花（一九一〇 暮春 三崎の海辺にて）

薄明の時

美しきかなしき痛き放埒の薄らあかりに堪へぬこころか（放埒）
アーク燈点れるかげをあるかなく蛍の飛ぶはあはれなるかな
悩ましく廻り梯子《ばしご》をくだりゆく春の夕の踊子がむれ（踊子）
やるせなき春のワルツの舞すがた哀しくるほし君の踊れる
恋すてふ浅き浮名もかにかくに立てばなつかし白芥子《しらけし》の花（浅き浮名）

わが世さびし身丈《みたけ》おなじき茴香《うゐきやう》も薄黄に花の咲きそめにけり

青柿のかの柿の木に小夜《さよ》ふけて白き猫ゆくひもじきかもよ（猫と河豚と）

いそいそと広告灯も廻るなり春のみやこのあひびきの時（春）

かはたれのローデンバッハ芥子の花ほのかに過ぎし夏はなつかし（夏）

人力車《じんりき》の提灯《かんばん》点《つ》けて客待つとならぶ河辺に蛍飛びいづ（新橋）

薄あかり紅きダリヤを襟にさし絹帽《シルクハット》の老いかがみゆく（銀座）

青玉のしだれ花火のちりかかり消ゆる路上を君よいそがむ（両国）

雨のあとさき

新らしき野菜畑のほととぎす背広著て啼け雨の霽《は》れ間を

あまつさへキヤベツかがやく畑遠く郵便脚夫疲れくる見ゆ

麻酔の前鈴虫鳴けり窓辺には紅《あか》く小さき朝顔のさく（昼の鈴虫・明治四十四年の夏、蠣殻町の岩佐病院にて）

夏はさびしコロロホルムに痺《しび》れゆくわがこころにも啼ける鈴虫

秋　思

松脂《まつやに》のにほひのごとく新らしくなげく心に秋はきたりぬ（秋のおとづれ）

クリスチナ・ロセチが頭巾《づきん》かぶせまし秋のはじめの母の横顔（秋思）
清元の新しき撥《ばち》君が撥あまりに冴えて痛き夜は来ぬ（音曲）
ひいやりと剃刀ひとつ落ちてあり鶏頭の花黄なる初秋
常磐津《ときはづ》の連弾《つれびき》の撥いちやうに白く光りて夜のふけにけり
百舌《もず》啼けば紺の腹掛新しきわかき大工も涙ながしぬ（百舌の高音）

春を待つ間

ふくらなる羽毛襟巻《ボア》のにほひを新しむ十一月の朝のあひびき（冬のさきがけ）
いと長き街のはづれの君が住む八丁目より冬は来にけむ
いちはやく冬のマントをひきまはし銀座いそげばふる霙《みぞれ》かな
廚女《くりやめ》の白き前掛しみじみと青葱の香の染みて雪ふる（雪）
君かへす朝の舗石《しきいし》さくさくと雪よ林檎の香のごとくふれ
楮古聿《チヨコレート》嗅ぎて君待つ雪の夜は湯沸《サモワル》の湯気も静こころなし
その翌朝《よくあさ》おしろいやけの素顔吹く水仙の芽の青きそよかぜ（早春）
みじめなるエレン夫人が職業《なりはひ》のミシンの針にしみる雨かな

沈丁《ぢんちやう》の薄らあかりにたよりなく歯の痛むこそかなしかりけれ

白き露台

歎けとていまはた目白僧園の夕べの鐘も鳴りいでにけむ（春愁）

君見ずば心地死ぬべし寝室の桜あまりに白きたそがれ（浅草聖天横丁）

アーク燈いとなつかしく美しき宝石商の店に春ゆく

定斎《ぢやうさい》の軋《きし》みせはしく橋わたる江戸の横網鶯の啼く

鐸《すず》鳴らす路加《ルカ》病院の遅ざくら春もいましかをはりなるらむ

編みさしの赤き毛糸に突き刺して鈎針《かぎばり》長しこほろぎの鳴く（夜を待つ人）

ただひと目君を見しゆゑヴイオロンの絃《いと》よりほそく顫ひそめにし（女友だち）

どくだみの花のにほひを思ふとき青みて迫る君がまなざし

かはたれの白き露台に出《い》でて見つわがおもふ人はいづち去《い》にけむ（白き露台）

空いろのつゆのいのちのそれとなく消《け》なましものをロベリヤのさく

哀傷篇

ひとすぢの香の煙のふたいろにうちなびきつつなげくわが恋（哀傷篇序歌）
君と見て一期《いちご》の別れする時もダリヤは紅しダリヤは紅し
鳴きほれて逃ぐるすべさへ知らぬ鳥その鳥のごと捕へられにけり（哀傷篇）
かなしきは人間のみち牢獄《ひとや》みち馬車の軋《きし》みてゆく礫道《こいしみち》
大空に円き日輪血のごとし禍《まが》つ監獄《ひとや》にわれ堕ちてゆく
編笠をすこしかたむけよき君はなほ紅き花に見入るなりけり
この心いよよはだかとなりにけり涙ながるる涙ながるる
夕されば火のつくごとく君恋し命いとほしあきらめられず
市ケ谷の逢魔《あふま》が時となりにけりあかんぼの泣く梟《ふくろふ》の啼く
監獄いでぬ重き木蓋《きぶた》をはねのけて林檎函よりをどるここちに
監獄いでてぢつと顫へて噛む林檎林檎さくさく身に染みわたる
空見ると強く大きく見はりたるわが円ら眼《つぶ》に涙たまるも（続哀傷篇）
十一月は冬の初めてきたるとき故国《くに》の朱欒《ザボン》の黄にみのるとき

喨《りやう》々とひとすぢの水吹きいでたり冬の日比谷の鶴のくちばし
代々木の青檞《あをかし》がもとに飛びありく白栗鼠《しろりす》のごとく二人抱きし（哀傷終篇）
時計の針Ｉ《いち》とＩとに来《きた》るときするどく君をおもひつめにき
どれどれ春の支度にかかりませう紅い椿が咲いたぞなもし

『雲母《きらら》集』

新　生

くわうくわうと光りて動く山ひとつ押し傾《かたぶ》けて来る力はも（力）
大きなる手があらはれて昼深し上から卵をつかみけるかも（卵）
大鴉一羽渚に黙《もだ》ふかしうしろにうごくさざなみの列（大鴉）
大夏空何も無からし入道雲むくりむくりと湧きにけるかも（雲）

流離抄

三崎哀傷歌——大正二年一月二日、哀傷のあまりただひとり海を越えて三崎に渡る。淹留旬日、幸に命ありてひとまず都に帰る。これわが流離のはじめなり。

朝霧にかぎり知られぬみをつくしかぎりも知らぬ恋もするかな
寂しさに浜へ出て見れば波ばかりうねりくねれりあきらめられず
来て見れば鰯ちらばる蕪畑《かぶらばた》蕪みどりの葉をひるがへす
日暮るれば涙はしりぬ城ケ島人間ものは誰居らぬなり
夕さればひとりぽっちの杉の樹に日はえんえんと燃えてけるかも（枯草ぐるま）
たかだかと草積ぐるま草乾して夕日の野辺をいまかへるなり

＊

不尽《ふじ》の山れいろうとしてひさかたの天《てん》の一方に立てりけるかも（不尽抄）
魚《さかな》かつぎ丘にのぼれば馬鈴薯《じやがいも》の紫の花いま盛りなり（五月）
れいろうと不尽の高嶺のあらはれて馬鈴薯畑の紫の花
ある時は熱心に顔をかがやかし大きなる薔薇をうかがひにけり（ある時は）

ある時は誰知るまいと思ひのほか人が山から此方《こちら》向いてゐる

雲母雲

海雀《うみすずめ》つらつらあたまそろへたり光り消えたり漣《さざなみ》見れば（崖の上の歓語）
恋しけど今は思はず蓴菜《じゆんさい》の銀の水泥《みどろ》を掌に掬ひ居つ（蓴菜）
明るさや寥《さび》しさや人も来ず裸になれど泣くすべ知らずも
寂しけど煌々《くわうくわう》と照るのぼり坂ただ真直にのぼりけるかも（白日逍遥）
ふかぶかと人間笑ふ声すなり谷いちめんの白百合の花（海外の浜）
真白なるところてんぐさ干す男煌々と照り一人なりけり

山海経

しんしんと寂しき心起りたり山にゆかめとわれ山に来ぬ（狐のかみそり）
この心断崖《きりぎし》の上にいと赤き狐のかみそり見れど癒えぬかも
海にゆかばこの寂しさも忘られむ海にゆかめとうちいでて来ぬ（海光）
榜《こ》ぎいでてあはれはるばる来しものか沖に立つ波かぎり知られず
炎炎と入日目の前の大きなる静かなる帆に燃えつきにけり

春過ぎて夏来るらし白妙《しろたえ》のところてんぐさ採る人のみゆ（寂しき日）
天を見て膨《ふく》れかがやく河豚《ふぐ》の腹ぽんと張り切る昼ふかみかも
ふくふくと蒲団の綿は干されたり傍《そば》に鋭き赤たうがらし
寂しさに海を覗けばあはれあはれ章魚《たこ》逃げてゆく真昼の光（海底）
石崖《いしがけ》に子ども七人腰かけて河豚を釣り居り夕焼小焼（海峡の夕焼）
城ケ島の燈明台にぶん廻す落日《いりひ》避雷針に貫《ぬ》かれけるかも

自然静観

波つづき銀のさざなみはてしなくかがやく海を日もすがら見る（漣）
麗らかや此方《こなた》へ此方へかがやき来る沖のさざなみかぎり知られず
うつらうつら海に舟こそ音すなれいかなる舟の通るなるらむ
驚きてわが身も光るばかりなり大きなる薔薇の花照りかへる（薔薇静観）

地面と野菜

大きなる足が地面《ぢべた》を踏みつけゆく力あふるる人間の足が
青きまでい照るキヤベツの球《たま》の列白猫のごと輝きかがむ

摩訶不思議思ひもかけぬわが知らぬ大きなるキヤベツがわが前に居る

麦藁帽子野菜の反射いつぱいに人受けてあり西日にかがみて（畑の休憩）

豚小屋に呻きころがる豚のかずいつくしきかもみな生けりけり（泥豚）

豚小屋の上の棕櫚《しゆろ》の木の裂葉《さきば》より日は八方に輝きにけれ

深夜抄

三日《みか》の月ほそくきらめく黍畑《きびばたけ》黍は黍とし目の醒めてゐつ（黍畑）

森羅万象《ものなべて》寝しづみ紅きもろこしの房のみ動く醒めにけらしも

天の河棕櫚と棕櫚との間より幽かに白し闌《ふ》けにけらしも（二本の棕櫚）

耳澄ませば闇の夜天《やてん》をしろしめす図り知られぬものの声すも

＊

欝蒼《こんもり》と楊柳《やなぎ》かがやくまさびしき遠き入江に日の移るなり（水辺の午後）

金いろに光りてほそき磯はなのその一角に日の消えむとす

網の目に閻浮檀金《えんぶだこん》の仏ゐて光りかがやく秋の夕ぐれ（二町谷小景）

海の波光りかさなり日もすがら光りかさなりまた暮れにけり

木木の上《へ》を継ぎて消えゆく鳥のかず遠空の中にあつまるあはれ（山中秋景）
谷底に人間のごと恋しきは彼金柑《かれきんかん》の光るなりけり
あなあはれ日の消えがたの水ぎはに枯木一本明《あか》き夕ぐれ（水辺晩秋）
かくのごとき秋の簡素をわれ愛す枯木一本幽かに光る
油壺から諸磯《もろいそ》見ればまんまろな赤い夕日がいま落つるとこ（油壺晩景）

法悦三品

巡礼と野の種蒔《たねまき》人となにごとか金の斜光に物言へりけり（種蒔）
照りかへる金柑の木がただひと木庭にいつぱいに日をこぼし居り（金柑の木）
遠く来て金柑の実の照るところ巡礼草鞋《わらぢ》をはきかへにけり
ここに来て梁塵秘抄を読むときは金色光《こんじきくわう》のさす心地する
西方に金の遠樹《あんじゆ》のただ二本《ふたき》深くかがやく何といふ木ぞ（遠樹抄）

閻魔の反射

畑打てば閻魔大王光るなり枯木二三本に鴉ちらばり
鍬下ろせばうしろ向かるる冬の畑そこに真赤な閻魔の反射

大きなる大きなる赤き日の球が一番赤くころがれり冬（田舎道）

見桃寺抄

見桃寺冬さりくればあかあかと日にけに寂し夕焼けにつつ（西日抄）
日は暮れぬ鰯なほ干す旃陀羅《せんだら》が暗き垣根の白菊の花（隣の厨）
寂しさに秋成が書《ふみ》読みさして庭に出でたり白菊の花
風出づる蘇鉄の寒さ日だまりにふくれし軍鶏《しやも》が起ちがけの声（寺の鶏）
大海《だいかい》の前に遊べる幼などち遊び足らずてけふも暮れにけり（渚の西日）
何事の物のあはれを感ずらむ大海の前に泣く童《わらべ》あり（童子抄）
ものなべて麗らならぬはなきものをなにか童の涙こぼせる
うらうらと童は泣くなりただ泣くなり大海の前に声も惜まず
この庵《いほ》にまこと仏の坐《おは》すかと思ふけはひに雪ふりいでぬ（雪夜）
冬青《もち》の葉に雪のふりつむ声すなりあはれなるかな冬青の青き葉
めづらかに人のものいふ声ぞする思ふに空も明けたるならむ
見桃寺の鶏長鳴けりはろばろとそれにこたふるはいづこの鶏ぞ

木の枝に雀一列《ひとつら》ならびゐてひとつびとつにものいふあはれ（雪後）

『雀の卵』

麗明三部抄

序

大正三年六月、我未だ絶海の離島小笠原にあり。妻は曩《さき》に一人家に帰り、すでに父母とよろしからず。七月我更に父母の許に帰り、またわが妻とよろしからず。我は貧し、貧しけれども、我をしてかく貧しからしめしは誰ぞ。然も世を棄て名を棄て更に三界を流浪せしめしは誰ぞ。我もとより貧しけれど天命を知る。我が性玉の如し。我はこれ畢竟詩歌三昧の徒、清貧もとより足る。我は醒め、妻は未だ痴情の恋に狂ふ。我は心《しん》より畏れ、妻は心より淫る。我父母の為に泣き、妻はわが父母を識る。行道念々、我高きにのぼらむと欲すれども妻は蒼穹の遥かなるを知らず。我深く涙垂るれども妻は地上の悲しみを知らず。我は久遠の真理をたづね、妻は現世の虚栄に奔る。我深く妻を憫めども、妻の為に道を棄て、親を棄て、己を棄つる能はず。真実二途なし。乃ち心を決して相別る。その前後の歌。

流離抄

和田の原波にただよふ椰子の実のはてしも知らぬ旅もするかも（風懐）
愛妻《はしづま》をもとな還して海中《わたなか》に一人残れば生けらくもなし（一人のこる）
風高き椰子の葉末の月夜雲消《け》なば消ぬべし帰るすべなし
夜はすがら離れ小島の椰子の木の月夜の葉ずれ我ひとり聴く
照る日うらら万劫経たる海亀のこの諦念《あきらめ》の大きなるかも（島の永日）
父島よ仰ぎ見すれば父恋し母見れば母ぞ恋しき（帰途）
ちちのみの父の島より見わたせば母の島見ゆ乳房山見ゆ
帰らなむ父と母とのますところ妻と弟妹《いろと》が睦びあふ家

別離抄

蒼天《あをぞら》を見て驚かぬ賢《さか》しびと見ておどろけやいにしへのごと（蒼天に向って）
遥《はろ》ばろし空を仰げばますらをのこぼるる涙とどめかねつも

天地を泣きくつがへし幾千日泣きひたすとも我は貧しき（妻に）
老いらくの父を思へばおのづから頭《かうべ》かき垂り安き空《そら》しなし（この父この母この妻）
ははそばの母に対《むか》へばゆゑなしに涙はふり落ち早やすべしなし
ますらをと思へる我や貧しくて命はかけし妻に嗤《わら》はる
今さらに別るといふに恋しさせまり死なば一期と抱きあひにけり（別れ）
うつし世の千万言《ちよろづごと》の誓言《かねごと》もむなしかりけりわかれ去らしむ
これの世に家はなしといふ女子《をみなご》を突き放ちたりまた見ざる外《と》に
貧しさに妻を帰して朝顔の垣根結ひ居り竹と縄もて
苦しさに声うちあぐるたはやすしおとなしく堪へて幾日籠るは（別後）
我を挙げて人をあはれと思ふ日のいつかは来らむ遥かなりけり
夜祭の万灯の上にいよよあがり大きなるかも今宵の月は（夜祭のころ）
あかあかと十五夜の月街にありわつしよわつしよといふ声もする
ひさかたの満月光に飛ぶ鴉いよよ一羽となりてけるかも

麗明抄

円《まど》かなる月の光のいはれなくふと暗がりて来る夜ふけあり（良夜）
摩耶の乳長閑《のど》にふふますいとけなき仏の息もききぬべき日か（麗日）

雀の卵

時雨と霜

おのづから水のながれの寒竹の下ゆくときは声立つるなり（寒竹）
枯れ枯れの石に日のあたりおぼつかな寒竹の影がやや疎らなる
そぼ濡れて竹に雀がとまりたり二羽になりたりまた一羽来て
いそがしく濡羽つくろふ雀ゐて夕かげり早し四五本の竹
冬の光しんかんたるに真竹原閻魔大王の咳《しはぶき》とほる（閻魔の咳）
短か日の光つめたき笹の葉に雨さゐさゐと降りて来にけり（雀の宿）
村時雨羽根をすぼめて寒竹の枝にかすかにゐる雀かも
三縁山増上寺の朱の山門にふる時雨日がな日ぐらしふりにけるかも（山内の時雨）

この夜ことに星きららかに麻布《あざぶ》の台《たい》霜下り来らし声霧らふなり（霜の夜ごゑ）
寝て聴けば寒夜《かんや》の夜霜霧らふなりあはれなるかも前の篁《たかむら》

雪の翅ばたき

大王《おほきみ》の行幸《みゆき》かあらし旗立てて雪の御門を騎馬出づる見ゆ（大王）
瓦斯《ガス》の灯に吹雪かがやくひとところ夜目には見えて街遥かなる（白牛）
巷辺《ちまたべ》の真夜《まよ》の吹雪となりにけり広告の灯のみ色変りつつ（巷の吹雪）
へうとして何か夜に呼ぶ声すなり巷の吹雪闌《ふ》けまさるらし
この寒き雪の夜中にさらさらと澄みてひびくは何の葉つぱぞ（雪夜）
雪の夜に麻布小衾《こぶすま》ひきかつぎおもふは生みの父母のこと
ははそはの母のおもとの水しわざ澄みかとほらむこの寒の入り（雪暁）
ほのかなる降りなりしかど椎の葉に一夜積みたる雪のうれしさ（路次の朝）
かうがうし鶴はこの世のものならず幽かに啼けば生きたるらしも（夜明の鶴）
春泥の上に求食《あさ》れど腰ほそく清らなるかな鶴の姿は
雪ふれば御岳精進《みたけさうじ》もえは行かぬ凄まじき冬と今はなりにけり（山家抄）

白き尾の白き鶏《にはとり》あらはれて天上の雪に長鳴きにけり

茶の煙

茶の煙幽かなれかし幽かなる煙なれども目に染むるもの

寂しさに堪へてあらめと水かけて紅き生薑《しやうが》の根をそろへけり（ある朝）

根府川《ねぶかは》の石のすがたぞおもしろき常なかりてふ沙羅《さら》の盛りを（鷗外先生の庭）

夕近し沙羅の木かげに水うてと先生呼ばす馬を下りつつ

人みながわれをよろしといふ時はさすがうれしゐ心をどりて（人みなが）

人みながわれをわろしといふ時はさすがさぶしゐ心ぼそくて

現身《うつしみ》の人の日ごとに取り馴れて食《た》ぶる飯《いひ》を我も食ぶる（貧者と糧）

青空の山のかなたに人住みてあぐる煙の世にもかそけさ

雉子の尾

あなかそか父と母とは目のさめて何か宣《の》らせり雪の夜明を（父と母）

あなかそか父と母とは朝の雪ながめてぞおはす茶をわかしつつ

あなしづか父と母とは一言《ひとこと》のかそけきことも昼は宣らさね

あかつきにひとりめざめてははそはの母の寝息に親しみにけり（父母とその子）
父母の寂しき閨《ねや》の御目ざめは茶をたぎらせて待つべかりけり
老いらくの父に向へば厳《いつ》かしき昔の猛《たけ》さ今は坐《ま》さなくに（老いし父母）
咽喉《のど》ぼとけ母に剃らせてうつうつと眠りましたり父は口あけて
その子らの生活《くらし》立たねばあはれよと母は鏡をつひに売らしつ
吾がこぼす白き飯粒ひとつひとつ取りて含ます母は笑ひて（貧しき食膳）
葱《ねぎ》のぬた食《を》しつつふともこの葱は硬き葱ぞと父の宣らしつ
ただうさへも術《すべ》し知らぬを貧しとて貧しき子らに父の嘖《ころ》ばす（父の嘖び）

麻布山

麻布山浅く霞みて、春はまだ寂し御寺に、母と我が詣でに来れば、日あたりに子供つどひて、凧をあげ独楽を廻せり。立ちとまり眺めてあれば、思ほゆる我がかぶろ髪。ほほゑみて母を仰げば、母もまたほほと笑ませり。けだしくや我がかぶろ髪、母もまた忍ばすらむか。我が母は何も宣らさね、子の我も何もきこえね、かかる日のかかる春べに、うつつなく遊ぶ子供をみてあれば涙しながる。

反　歌

垂乳根《たらちね》と詣でて見れば麻布やま子供あそべり日のあたりよみ
母と来て遊ぶ子供をながめゐつ此方《こちら》ながめつ遊ぶ子供も
母と来て佇み目守《まも》る日のたむろ子らが遊びのいつ果てるなし

童と母

垂乳根の母の垂乳《たりち》に、おし縋り泣きし子ゆゑに、いまもなほ我を童《わらべ》とおぼすらむ、ああ我が母は、天つ日の光もわすれ、現身《うつしみ》の色に溺れて、酒みずきたづきも知らず、酔ひ疲れ帰りし我を、酒のまばいただくがほど、悲しくもそこなはぬほど、酔うたらば早うやすめと、かき抱き枕あてがひ、衾《ふすま》かけ足をくるみて、裾おさへかろくたたかす、裾おさへかろくたたかす、垂乳根の母を思へば泣かざらめやも

反　歌

急に涙が流れ落ちたり母上に裾からそつと蒲団をたたかれて

ふつくらとした何ともいへぬかなしさよ蒲団の裾を母にたたかれて

＊

ひさびさに母にかしづきこの寺の花見に来れば思ふこともなし（春日遊楽）

鞠《まり》もちて遊ぶ子供を鞠もたぬ子供見恍《みほ》るる山ざくら花

柞葉《ははそば》の母の衣は母の香ぞするちちのみの衣は父の香ぞする（うつり香）

白木蓮花

白木蓮の花咲きたりと話す声何処やらにして日の永きかな

何ならぬ春のけはひのかなしくてきのふけふ白き街の木蓮

おのづから睡眠《ねぶり》さめ来るたまゆらはまだほのぼのし童《わらはべ》ごころ（春のめざめ）

＊

薄野《すすきの》に白くかぼそく立つ煙あはれなれども消すよしもなし（葛飾前歌）

朝ぼらけ一天《いってん》晴れて黍の葉に雀羽たたくそのこゑきこゆ

絡繹《らくえき》と人馬つづける祭り日の在所の見えて白蓮の花

飛びあがり宙にためらふ雀の子羽たたきて見居りその揺るる枝を

葛飾の真間の継橋《つぎはし》夏近し二人わたれりその継橋を（真間に移る）

この夏や真間の継橋朝なさなゆきかへりきく青蛙のこゑ

香ばしく寂しき夏やせかせかと早や山里は麦扱《こ》きの音（野ゆき山ゆき）

紫蘭《しらん》咲いていささか紅き石の隈《くま》目に見えて涼し夏さりにけり（紫蘭咲く）

矢のごとく時たま翔る小鳥のかげ山すそに見えて晴天の風（晴日小閑）

この山はたださうさうと音すなり松に松の風椎に椎の風

噴井《ふきゐ》べのあやめのそばの竹棚に洗面器しろし妻か伏せたる（紫煙草舎）

月明き浅夜の野良の家いくつ洋燈《ランプ》つけたり馬鈴薯《じゃがいも》の花（農家小景）

黄のカンナ空気洋燈の如くなり子供出て来よ背戸の月夜に

河土手に蛍の臭ひすずろなれど朝間はさびし月見草の花（蛍）

日の盛り細くするどき萱《かや》の秀《ほ》に蜻蛉《とんぼ》とまらむとして翅《はね》かがやかす（日ざかり）

ややに避《よ》けて蜻蛉日かげにとまりたりそよぎかがやく青萱のもと

すれすれに夕紫陽花《ゆふあぢさゐ》に来て触《さや》る黒き揚羽《あげは》蝶の髭大いなる（揚羽の蝶）

留らむとして紫陽花の球に触りし蝶逸《そ》れつつ月の光に上《あが》る

Tabacco《タバコ》の赤看板にとどくまで唐黍《たうきび》の花は延び揃ひたれ（唐黍）

今日もまた郵便くばり疲れ来て唐黍の毛に手を触るらむか

貧しさに堪へてさびしく早稲の穂の花ながめ居りこのあかつきに（貧しさに）

米の白玉

ましら玉、しら玉あはれ、白玉の米、玉の米、米の玉あはれ。そを一粒、また二粒、三粒、四粒と数ふれば白玉あはれ。うすき瀬戸白の小皿に、幾すくひすくへどあはれ、かそかそと声ばかりして、ころころと音ばかりして、掻き寄せて十粒に足らず、ひろへれど十粒を出でず、かそかそところころと、声するは音するは、空しき櫃の空櫃《むなびつ》の米櫃の底、ましら玉、しら玉あはれ、白玉の米、玉の米、米の玉あはれ。

反　歌

米櫃に米のかすかに音するは白玉のごとはかなかりけり

＊

破障子《やれしやうじ》ひたせる池も秋づけば目に見えて涼し稗草《ひえくさ》のかげ（田園の立秋）

おのづからうらさびしくぞなりにける稗草の穂のそよぐを見れば

ぽつぽつと雀出て来る残り風二百二十日の夕空晴れて（二百二十日）

父の背に石鹸《シヤボン》のつけつつ母のこと吾が訊いてゐる月夜こほろぎ（月夜こほろぎ）

白き猫庭の木賊《とくさ》の日たむろに眼はほそめつつまだ現《うつつ》なり（庭前秋景）

新しく障子張りつつ茶の花もやがて咲かなとふと思ひたり（庭前の秋）

山松の音のとわたる日の暮は夕焼の紅き空もすべぞなき（山松）

山松の姿さびしき日の暮は障子早く閉めてひとり飯食ふ

華やかにさびしき秋や千町田《ちまちだ》の穂波が末をむら雀立つ（田圃晩秋）

椰子の実の殻に活けたる茶の花のほのかに白き冬は来にけり（冬日小閑）

松風のしぐるる寺の前通《まへどほり》とほる人はあれど日の暮の影（時雨と霜）

目に見えて冬の陽遠くなりにけりきのふもけふも薄くみぞれして

いよよ寒く時雨《しぐ》れ来る田の片明り後なる雁がまだわたる見ゆ

田末わたる時雨の雨は幽かながら初夜《しよや》過ぎて出づる月のさやけさ

枝にゐて一羽はのぞく庭の霜雀つらつら並《な》みふくれつつ（霜と雀）

日のうちも寒き雀か枝にゐてふくれきらねば真顔かなしも

枯れ枯れの唐黍の秀に雀ゐてひようひようと遠し日の暮の風（田家の冬枯）

曳かれ来てうしろ振り向く雄の牛の一眼光る穂薄の風（野良の晩冬）

わが宿は雀のたむろ冬来れば日にけに寒し雀のみ群れて（雀の宿）

ただ一つ庭には白しすべすべと嘗《な》めつくしける犬の飯皿

咳すれば寂しからしか軒端より雀さかさにさしのぞきをる

下肥《しもごえ》の舟曳くならし夜の明けて野川の氷こゑたつるなり（寒）

春浅み背戸の水田のさみどりの根芹は馬に食べられにけり（春の耕田）

雨ほそき破垣《やれがき》ちかくひそひそと田を鋤く人の馬叱るこゑ

霧雨のこまかにかかる猫柳つくづく見れば春たけにけり（春雨）

『観相の秋』

聴けよ妻ふるもののあり

聴けよ、妻。ふるもののあり。かすかにもふるもののあり。初夜過ぎて、夜の幽《かそ》けさとやなりけらし。ふりいでにけり。何かしらふりいでにけり。声のして、ふりまさるなり。雨ならし。いな、雪ならし。雪なりし。あれは初雪。よくふりぬ。さてもめづらにふる雪のよくこそはふれ、ふりいでにけれ。さらさらと、また音たてて、しづかなり。ただ深むなり。聴けよ、妻。そのふる雪の、満ち満ちて、ただこの闇に、舞ひ深むなり、ふりつもるなり。

ころころ蛙《かはづ》の歌

春さきのころころ蛙、一つ鳴き、二つ鳴き、ころころと後続《あと》け鳴き、ふと鳴き止み、くぐみ鳴き、また急に湧きかへり鳴く。いよいよに声合せ鳴く。近き田のころころ蛙、よく聴けば声変り鳴く。声変り、一つ一つに、あなをかし、鳴けるさま見ゆ。あちら向きこちら向き、飛び飛びて、また水くぐり、うちひそみ、頰をふくらかし、鳴き鳴ける咽喉《のど》のさま見ゆ。あなをかし、近田《こちた》の蛙。さみどりの根芹が湿る、塗畔《ぬりあぜ》かまだ新らしき。雨もよひ雨よぶ声の、寒けども寒しともなし、寂しけどなにか笑へり。友よびてまた鳴く蛙、遠田にも遥かとよもす。あなあはれ、遠田の蛙、また聴けば遠く隔てて、夜の闇の瀬の音《と》隔てて、いや離《さか》りうち霞み鳴く。また寄せて近まさり鳴く。遠つ浪辺《へ》に寄するごと、遠つ風吹き寄するごと、その声は夜空つたひて、いよいよに近く響きて、さて絶えて、また続け鳴く。近き田もまた競ひ湧く。初夜過ぎてまた夜ふけて、なほなほにとよもす声の、おそらくは夜の明くるまで。萌黄月、月の円暈《まろがさ》、遠近《をちこち》の薄き飛び雲、濡れ濡れて、きらめく星の、糠星《ぬか》のかげ白むまで。ころころと、またころころと、夜もすがら、夜をただ一夜、声かぎり、また声かぎり、ここだく鳴くも。

『白《しら》南《は》風《え》』

天王寺墓畔吟

大正十五年の、谷中天王寺墓畔に於ける生活に由る。墓畔吟なれども必ずしも哀傷せず、世は楽しければなり。

朴はひらく

移り来てまだ住みつかず白藤のこの垂り房もみじかかりけり（新居）
春まひる真正面《まとも》の塔の照りしらむ廻縁《ゆか》高うしてしづかなる土（春昼）
塔《あららぎ》や五重の端反《はぞり》うつくしき春昼《しゆんちう》にしてうかぶ白雲
音きざむ珠数屋《じゆずや》が窻の板びさし椎の古葉のつみて久しき（珠数工）
春過ぎて夏来にけりとおもほゆる大藤棚のながき藤浪（墓地前）
白鷺はくちばし黝《くろ》しうつぶくとうしろしみみにそよぐ冠毛《かむりげ》（動物園所見）
槙もやや光る葉がひを秀《ほ》に佇《た》ちて青鷺の群のなにかけうとさ

前廂《びさし》ふかきこの家《や》を門庭《かどには》は日の照りあかり若葉かへるで（庭内と門前）
朴の花白くむらがる夜明がたひむがしの空に雷《らい》はとどろく（朴はひらく）
生けらくは生くるにしかず朴の木も木《こ》高く群れて花ひらくなり
光発《さ》しその清《すが》しさはかぎりなし朴は木高く白き花群《はなむら》

月光佇立

声呼ばふ墓地のかかりの夕餉どき遊びあかねば子らは愛《かな》しも（浅宵）
我のみや命ありと思ふ人なべて常久《とこひさ》に生くるものにあらなくに（深夜の墓地）
吾が観るは幽世《かくりよ》ならず朴の葉に月出で方の黄の火立《ほだち》なり

こほろぎの脛

墓原の木立に暑き蟬のこゑじんじんときこえ今日も久しき（残暑）
百日紅花《ひやくじつこう》いち早し眼はやりて向ひの墓地の今朝はすずしさ（百日紅咲く）
花つみて一荷《ひとに》はのぼる馬ぐるま寛永寺坂に月は照りつつ（良夜）
脛立ててこほろぎあゆむ畳には砂糖のこなも灯に光り沁む（書斎にて）
うゐまぜてしをりよろしき秋ぐさの花のさかりを見て遊ぶなり（秋ぐさ）

曼珠沙華《まんじゆしやげ》茎立しろくなりにけりこの花むらも久しかりにし

よちよちと立ちあゆむ子が白の帽月のひかりを揺りこぼしつつ（月夜の庭）

冬と緑青

菩提樹は落つる葉早し尾を曳きてめづらにつどふ色鳥の影（初冬の庭）

椎の葉に冬の日のあるほどほどはうれしき珠数の珠も磨るなり

朝しぐれ塔の庇のあをあをと木立はづれに見えて寒けさ（墓地の冬）

暮の靄子が背嚢の毛に凍みてしろく粒だつ寒《かん》到りけり

柿の蔕《へた》黒くこごれる枝見ればみ冬はいたも晴つづくらし（冬晴）

深廂昼もをぐらき家の内に灯はとぼしつつ春を待つわれは（春曇籠居）

緑ケ丘新唱

昭和二年の晩春より同三年の初夏に至る馬込緑ケ丘の生活に由る。新らしき文化住宅地緑ケ丘の突端にある此の馬込の新居は、明朗にして簡素、月・霧・燈火の夜景は亦九十九《つくも》谷の名にそむかず、少くとも近代詩趣の一年なり。

ウィンネッケ出現

吾が門《かど》は通草《あけび》咲きつぎ質素なり日にけに透る童《わらべ》らがこゑ（新居）

厨戸は夏いち早し水かけて雫したたる蝦蛄《しやこ》のひと籠

憤怒《いきどほり》堪へつつのぼる我が歩み陸橋にかかり夏の富士見ゆ（架橋風景）

かうかうと鉄の鋲《びよう》うつ子ら見れば朱の鉄橋は雲に響けり

末つひに人の命は長からじ眼には笑みつつ肩喘ぎけり（千樫）

水さしに水はあらぬをほそぼそと吸ひほけにけり透きとほるもの

ひとすぢに夏野よこぎる道しろしおのづからなる歩みつづけむ（夏野）

道のべの車前草《おほばこ》硬くなりにけり真日明《まひあか》うして群るる子鴉

朝めざめ清《さや》にすがしき戸は開けてヒマラヤ杉は大粒の霧（朝霧）

月・霧・燈火

女童《めわらは》が睫毛《まつげ》にやどる露のたま月のありかは雲の上《へ》にして（月夜）

かぎろひの夕月映《ゆふつくばえ》の下びにはすでに暮れたる木の群が見ゆ（夕月映）

中明る紫の月丘にあり秋ぐさの花の乱れたるかも

月夜よし遠き梢に下《お》り畳む白木綿雲《しらゆふぐも》は雪のごと見ゆ（月のあなた）
つくづくと観る月ならし夜の遅き光に妻が面《おもて》向けたる

剝製の栗鼠《りす》

秋さびしもののともしさひと本の野稗の垂穂瓶にさしたり　千樫
秋の空ふかみゆくらし瓶にさす草稗の穂のさびたる見れば　同

秋ふけぬ物の葉ずゑに立つ蟆子《ぶよ》のかそけき光ただに思はむ（草の穂）
さびさびて今は光らぬ野稗の穂親しかりにし人も死にせり
野稗の穂瓶《かめ》にさしつつうらさぶしかくのごとくや人の坐りし
濃き霜の凍みてさやけき冬菜畑に朝の響の来つつしづけさ（砧村）
霜いたる冬の玉菜は蘂しべにきびしく結ひぬその株ごとに
白くのみ月にかがやくひと束《つか》は紫うすき根の蓮《はちす》らし（白き野菜）
白菜はみながら白し月の夜と霜の光にうづだかく積む
しらしらと朝行く鷺の影見れば高くは飛ばず寒き水の田（寒暁）
頤《あご》ひげをくひ反らしつつ愚かなり剝製の栗鼠を氷雨にぞ置く（剝製の栗鼠）

いつまでか長き日あしぞ炎立ち冬木にたぎる寒空のいろ
雪つもる窻の内らのゆふつかた火映《ひうつり》親し誰か炉に居る（雪の夜）
老びとの紅き上衣はをさなくて灯にものがなし毛糸編みをる

世田ケ谷風塵抄

昭和三年初夏より、同じく六年の同じ季節に至る、四年間の、世田ケ谷若林の生活に由る。尤も三年には歌作乏し。家は街道にのぞみ、囂音と塵埃と筆硯の煩瑣とに苦しめらる。しかれども邸内広く、花木多く、奥の庭やや古風にして四時眼を楽ましむ。日常之に添ひ、風韻幽かに成る。

月に飛ぶ雪

石庭《せきてい》に冬の日のさしあらはなりまだ凍みきらぬ青苔のいろ（冬朝）
昼餉過ぎいくら経《た》たぬを木群《こむら》には早やしろじろとかかる夕霧（短日）
山茶花や井の水汲むと来る兵のバケツ音立てぬその凍土《いてつち》に（軍馬）
霜は満ち軍馬のたむろしづもらず糠星の数のただにきらめく

青鷺にしら鷺まじりあはれなり氷は解けて水に薄きを（水辺早春）
かんとうちて半鐘の音とめにけり火の消え方は夜も凍みるらむ（霜に聴く）
夜はふけぬしゆんしゆんとして煮たちゆく林檎のつゆの紅き酢醤《すびしほ》
野砲隊とほりしがとどろきやまずいづべの霜に闌《ふ》けにつつあらむ
燈《ひ》は明し大蔵経のうしろゆく鼠の尻尾影うごくなり
玻璃の窻隙間吹き入り吹きたまる雪片《せつぺん》しろしことごとの桟《さん》（雪片）

春の銃眼

風の夜は暗くおぎろなし降るがごとき赤き棗《なつめ》を幻覚すわれは（風の夜）
しばしばも息吹きやすむ風息のこのけぶかさは冱《さ》えかへるなり
オスラム電球ひたと見つめてゐたりけり何ぞ夜風の息のみじかさ
ぬか星の光が磨くかぐろ葉は椎の葉ならし小夜ふけにけり
耳いたむ妻とこもりて夜はふかし物のこまかにはじく雨あり（春雨）
春の蚊の立ちそめにけり芽楓《めかへで》の下照りあかりしづけき土に（春の蚊立つ）
木槲《もつこく》のしづけき空へちりかけて桜はしろし光る花びら（春昼落花）

春惜むこの家《や》ゆするは日の闌《た》けて砲車つづき来る永き地響（新樹の頃）
起床喇叭《らつぱ》吹き習《なら》しゆく木の芽どき月夜にはよき夏向ふなり（春宵）

砧村雑唱

昭和六年初夏より同八年の冬に至る、砧村の生活に由る。此の篇年次に章を分つ。此の砧村大蔵の野に於ける鉄塔と雲との風景は快適、日月ともに明らかにして、季節の推移亦おのづからなる玄理にかなふ。自然随順の三年なり。

白南風

若葉樫《かし》しきりかがよひ午《ひる》ちかし明治神宮の春蟬のこゑ（明治神宮）
御庇の檜皮《ひかは》の黒み夏まけて映る若葉の清《さや》にまばゆさ
ここの宮光る若葉の葉ごもりに一羽雉子《きぎす》の声ひらくなり
明治神宮西参道の昼闌けて清きひと照りの風ぞ過ぎたる
白南風の光葉《てりは》の野薔薇過ぎにけりかはづのこゑも田にしめりつつ（白南風の頃）
狭霧立つ月の夜さりは村方の野よ香ばしく麦こがし熬《い》る（農村月夜）

東山野《ひがしさんや》この夕《よ》はじめてきく声の茅蜩《かなかな》のこゑは竹にとほれり（茅蜩を聴く）

月すでにのぼりて淡き黄のしめり茅蜩のこゑぞ森にとほれる（ある月の夜）

房ながらまろき葡萄は仰向きて月の光にうちかざし食《は》む（庭園の晩餐）

白魚の移ろふ群のひとながれ初秋の雲の空にすずしさ（巻積雲）

月あかり水脈《みを》引く雲の波だちて夜空はすずし水のごと見ゆ（初秋月夜）

月夜よし二つ瓢《ふくべ》の青瓢あらへうふらへうと見つつおもしろ（月の夜の庭）

群れわたる鳥かげ見れば秋空やただにひとすぢの道通るらし（渡り鳥の道）

草堤夕かげ永し誰ならず我があゆむなりかく思ひあゆむ（この道）

吾が門《かど》にさし入る月のかげ見れば昨夜《よべ》のあらしは激しかりにし（月と霧）

秋はいまさなかとぞ思ふ向つ岡月明うしてこの夜十六夜《いざよひ》

氷の鱗

石《いは》ばしる水のかかりの音立てて紫冷《ひ》やき竜胆《りんだう》のはな（水上）

冬山の枯山来ればいさぎよし甲《かん》にひびきて石を斫《き》る音（枯山）

うち沈む飯粒《いひつぶ》見れば冬の田の後ゆく水も冷えとほりけり（冬の水）

常無きはいよよ清明《さや》けしさらさらに冬の淡水《まみづ》もながれ来にけり

冬の田の足跡見れば入り乱り氷雨たまれり深き泥《ひぢ》の田 （冬の田）

前の田は乾き乾かぬ稲茎に日のあたるのみいまだ冬の田 （早春の水田）

春の田にうつら啼き出《づ》る蟇《ひき》のこゑえごの木の芽もひらきたるらし （春の田）

吾が門よ夜ふけにきけば春早やもかはづのこゑの立ちてゐにける （初蛙）

春じめり馬頭《めづ》観音の小夜ふけて立ちそめにけり田蛙《たかはづ》のこゑ

＊

梅雨霽《つゆばれ》のあをき月夜の白小雲遠く犬の声のうつくしく発つ （夜声）

かぎろひの夕茨《ゆふさや》雲は蜩《かなかな》の啼く間も早し反り消《け》つつあり （夕雲）

風を見る牛のまなこのしづけさよ秋づきにけりうつくしき稲 （牛）

ここの谷地《やち》冷《ひえ》はなはだし夜は起きて月夜すがらに雲の行《ゆき》見ゆ （夜は起きて）

雲迅《はや》し月に逆らふしばしばも後夜《ごや》はあはれに裏あかりして

父母の冬

わが母はたけ高き母、まさやけくさびしき母。おもてだち学びまさねど、偽らず、正しくましけり。み眼清く切長くます。やさしきは夫《つま》にのみかは、その子らに、その子の子らに、なべて愛《いと》しく白髪づく母。

　　わが母はシゲ子、石井氏、肥後南関はその里なり。

わが母や学びまさねど山水《やまみづ》のおのづからにし響きたまへり

わが母はあてに清明《さやけ》し山の井の塵ひとつだにとどめたまはず

月の魚眼

日のあたりなにとなけれど春もやや立枯草の叢根《むらね》かがよふ（ぬくみ）

葦かびの角ぐむ見ればあさみどりいまだかなしき宇麻志阿斯訶備比古遅神《うましあしかびひこぢのかみ》（水辺早春）

春はまだ寒き水曲《みわた》を行きありく白鷺の脚のほそくかしこさ

このゆふべたとしへもなくしづかなり日は明らかに月を照らしぬ（遅日）

田に満ちてしげき蛙《かはづ》はよく聴けば子らが小床に呼び鳴くごとし（蛙を聴く）

照りいづる月は魚眼のごとくなり吹きながす雲よしろき水脈立《みをだち》（十六夜）

昼寝《ひるい》ざめ日の照る方にうち見やる往還の埃とほくひもじさ（昼寝覚）
我が家は坐《ゐ》ながらにして観る雲の空広らなり野のかぎり見ゆ（白日観雲）
蚊帳を吊る妻が袂は寝たる子の直向《ただ》ふ顔に触りにつつあり（寝室の初秋）
水のごと白き寝台の下冷えていの寝ざるらし子らが円《つぶ》ら眼
ラヂオ研究所灯《ひ》を消しにけりうしろ立つ照明迅《はや》く鉄塔は見ゆ（燈火管制の夜）
ここの谷灯《やとほ》かげ全《また》く無し消し棄てにふたたびと点けずいねにたるらし
大野良の一夜の霜の下り到り見る眼まばゆき冬は菜のいろ（霜晴）

続砧村雑唱

制帽

中学生、我が子の太郎、道ゆくと、読むと、坐ると、箸とると、帽かむりゐる。制帽よ制服よただに、金釦《きんぼたん》しかとはめゐる。うれしきか小学卒《を》へし、中学やしかほこらしき。蘇枋《すはう》咲くと、樗《あふち》そよぐと、霜置くとあはれ、一学期二学期よとあはれ、日の照ると、雨ふると、風ふくと、寝ると起きると、制帽かむる。

反歌

はつ霜とけさは霜置く門の田に晩稲《おくて》の黄ばみ見つつ子は居り

『夢殿』

浜名の鴨

遠つあふみ浜名のみ湖《うみ》冬ちかし真鴨翔れり北の昏《くら》きに

冬いまに居つく秋沙鴨《あきさ》か沼切の汭渚《うらす》の潟に数寄る見れば

すれすれに波の面《も》翔るひと列《つら》はすべて首伸べぬ羽ばたく青鴨

夢殿

つれづれとつくばふ鹿のいくたむろ夕光《ゆふかげ》の野にあらはにぞ見ゆ（春の鹿）

鹿のかげほそりと駈けて通りけりかがやき薄き冬の日の芝

秋の鹿群れゐ遊べど寄り寄りに立つもかがむも角無しにあはれ

菫咲く春は夢殿日おもてを石段《いしきだ》の目に乾く埴土《はにつち》（夢殿）
夢殿に太子ましましかくしこそ春の一日は闌《た》けにたりけめ
夢殿や美豆良《みづら》結ふ子も行きめぐりをさなかりけむ春は酣《たけな》は

初夏北越行

夏すでに砂丘の光おぎろなし弘法麦の筆の穂のいろ（新潟）
砂山の茱萸《ぐみ》の藪原夏まけて花了《をは》りけり真砂《まさご》積む花
草繁き山いくつある小峡《をがひ》とて蛙《かはづ》のこゑのよくひびきつつ（国上行）
山方は国上《くがみ》へかかる道の端にぬきて並べぬ涼し早稲苗《わさなえ》
国上の片山蔭の桐のはな遠く蛙の鳴くがしづけさ（五合庵）

満蒙風物唱

昭和四年三月より四月にかけて四十余日、満蒙各地を巡遊す。満鉄の招聘によるなり。その情報部の八木沼丈夫君と同行す。歴遊するところ、大連《ダルニー》を起点として満鉄沿線及び東支鉄道は満洲里に至る。尚ほ長春吉林間、奉天新義州間を往復し、また大連へ還る。即ちこの満蒙風物唱成る。うち八十九首を録す。

寒月は谷を埋むる屍《しかばね》にまた冴えたらし或はうごくに（東鶏冠山）

命にて一人一人と跳び入りしまた声もなし塹《ざん》の深きに

息はつめて死角に対《むか》ふ敵味方この塁の中に敢て憎みし

枯野行く幌馬車《マアチヤ》の軋みきこえゐて春浅きかなや砂塵あがれり（熊岳城）

湯崗子《たうこうし》氷は厚し我が買ひて赤き山樝子《さんざし》をかき噛りつつ（湯崗子早春）

寂びつくし楊《やなぎ》も土囲《どゐ》もあらはなりこの冬の日の道をひろふに（遼陽）

鵲《かささぎ》の声行き向ふ北の晴北陵の空に雲ぞ明れる（奉天北陵）

ひむがしのたふとき山の陵《みささぎ》と松邃《ふか》きところ古りし霊廟《みたまや》（瀋陽東陵）

公主嶺馬駆る見れば裸馬《らば》にして著ぶくれの子が風あふり来る（公主嶺）

ただに見る影と日向の曠《ひろ》き野につづく楊のすがれ木にして（或る枯野）

興安嶺越えつつぞ思ふこの山やまさしく大き大き山脈《やまなみ》（興安嶺を越ゆ）

キタイスカヤ昼の、ほ、の、ほと職待つと手斧《てうな》かたへに人い寝こけぬ（キタイスカヤ）

国破れ人はさすらふ毛ごろもの氷の粉屑《こくづ》吹きよごれつつ（流離）
此所《ここ》にして地平は高しはろばろに雲居垂れたり日の落つる雲（地平の落日）
蘇満国境春冴えかへり砂山の低山斑雪《はだれ》また吹き曝《さ》れぬ（満洲里）
旅にして春塵《しゅんぢん》しげししばしばも熱きしぼりに面《おも》をあてつつ（吉林）
解氷《かいひょう》の渦巻きすごき黄の濁り鴨緑江はむべ大河なり（国境の春）
一夜《ひとよ》に春いたりけむありなれ河氷張り裂けてとどろきにけり

郷土飛翔吟

我弱冠、郷関を出で処女詩集「邪宗門」を公にして以来、絶えて故国に帰ること無し。その間、歳月空しく流れて既に二十の星霜を経たり。時に望郷の念禁じ難く、徒に雲に鳥影を羨むのみ。偶ゝ昭和三年夏七月、大阪朝日新聞社の求むるところにより、その旅客輸送機ドルニエ・メルクールに乗じて北九州太刀洗より大阪へ飛翔せんとす。これ日本に於ける最初の芸術飛行なり。事前、乃ち妻子を伴ひて郷国に下る。山河草木、旧のごとくにして人また変転、哀楽また新にして恩愛一のごとし。南関柳河行これなり。二十三日、本飛行を決行するに先立つて、幸ひに試乗してその太刀洗より郷土訪問飛行の本懐を達するを得たり。恩地画伯、長子隆太郎と共なり。

序篇

海を越ゆるただち胸うつ国つ胆《きも》我が筑紫なり声に荒くも（海を越えて）

母《おや》の国筑紫この土我が踏むと帰るたちまち早や童《わらべ》なり

南関・外目《ほかめ》篇

肥後玉名郡南関、そのかみの関町、その字外目は我が母の生地にして、我にも亦、第二の故郷たり。乃ち、大牟田より先づ出迎の叔父たちと共に上内の山を越えてその土を踏む。親戚知音の人々の喜びかぎりなし。一夜、町の招宴に臨み、竜田川の橋ぎはなる島田家に泊る。翌十九日、外目近郊の外祖父母の墓に詣で、後、石井本邸に帰る。山河旧のごとくなれども、その母の生家は既に昔の俤なし。

掛け並《な》めて玉名少女《をとめ》が扱《こ》きのばす翁索麺《さうめん》は長きしら糸（索麺の関町）

手うち索麺戸ごと掛け並め日ざかりや関のおもてはしづけかりにし

百日紅《さるすべり》老木しらけて厠戸の前なる石もあとなくなりぬ（外目、石井本家）

粗壁に影して低き草庇いまも山家は貧しかるなり

柳河・沖ノ端篇

石多き林泉《しま》のたをりにつく鴨の寄り寄りにさびしおのがじしをる（林泉の鴨）
昼の林泉石《いは》のあひさにゐる鴨の一羽は黝《くろ》しつれづれの鴨
日は暑し林泉の撓《たを》りにつく鴨のゆきあひの鴨のくわうと啼きたる
街堀は柳しだるる両岸《もろぎし》を汲水場《くみづ》の水照穏《みでりおだ》に焼けつつ（沖ノ端）
かいつぶり橋くぐり来ぬ街堀は夕凪水照けだしはげしき
泣かゆるに日は照り暑し湯気立てて蟶《あげまき》を今釜に煮沸《にわか》す（生家）
三日三夜《みかみよ》さ炎あげつつ焼けたりし酒倉の跡は言ひて見て居り
葦むらや開閉橋に落つる日の夕凪にして行々子《ぎやうぎやうし》鳴く（沖ノ端の鹹川）
潮の瀬の落差はげしき干潟には櫓も梶も絶えて船の西日に
我つひに還り来にけり倉下《くらした》や揺るる水照の影はありつつ（水路舟行）
しづかさは殿のお倉の昼鼠ちよろりとのぼりまたも消《け》ぬかに
御船倉水照ゆたかに舟うけて吹き通る風の夏はすずしさ

飛翔篇

驟雨《しうう》の後日《あと》の照り来る草野原におびただしく笑ふ光を感ず（太刀洗飛行場）

単葉ドルニエ・メルクール機両翼張り大き安らあり尾を地に据ゑぬ

滑走しとどろ応へしいつ知らず身は離陸して軽きに似たり（離陸、柳河へ柳河へ）

柳河は城を三めぐり七めぐり水めぐらしぬ咲く花蓮《はなはちす》

伝習館ここぞと思ふ空にして大旋回一つあとは見ずけり

泣かむかに我は突き入る低空を子らぞ騒げるその仰ぎ見に（沖ノ端上空旋回）

母の里外目の空は雨雲の間《あひ》青く潤ひ母の眼かとも（南関上空）

天《てん》の路ひとすぢ徹り遥かなり今飛ぶべきはこの航路のみ（本飛行）

眼下《まなした》の深田に映る日の在処《ありど》かがやきしるし月のごと見ゆ

昼がすみ水曲《みわた》の明りほのぼのと合歓《かふか》の花は咲き匂ふらし

深山辺《みやまべ》よあはれは久し人入りておのづからなる道通ふ見ゆ

じんじんと山上百メートルを飛びつつあり緑に徹る命あるのみ

水平動感じつつあり夕暮は思ふともなく母恋ふらしき

『渓流唱』

渓流唱

昭和十年一月、伊豆湯ケ島温泉落合楼に遊ぶ。滝留二十日余、概ね渓流に望む湯滝の階上に起居す。

行く水の目にとどまらぬ青水沫《あをみなわ》鶺鴒《せきれい》の尾は触れにたりけり
事も無し冬の朝日に岩づたふ黄の鶺鴒の一羽をりつつ
岩づたふ黄の鶺鴒の影見れば冬の明りぞ澄みとほりたる
日を寒くひた向ひてぞありにける落合の瀬の色ぞとどろく
冬は観て幽かよとぞ思ふ繁《しじ》に澄む青水沫あれば流るる泡あり
あな清明《さやけ》子らが焚く火の秀《ほ》は爆《は》ぜて寒暁《かんげう》の空にひるがへり飛ぶ

秋夕夢

山河哀傷吟

小序

昭和十年八月卅一日、白山春邦画伯夫妻と同行、妻と共に奥多摩小河内村鶴の湯に探勝、鶴屋といふに泊る。恰も二百十日前後に当り、山岳・峡谷・朝夕雲霧去来し、初秋の霖雨、時に蕭々、時にまた微々たり。この鶴の湯、原は懸崖にあり、極めて寒村にして、未だにランプを点し、殆ど食糧の採るべきものなし。ただ魚に山女魚あり、清楚愛すべし。此の小河内の地たる最近伝ふるに、今や全村をあげて水底四百尺下に入没せむとし、廃郷分散の運命にあり。蓋し東京府の大貯水池として予定せらるといふ。まことに山河の滅びんとする、その生色を奪はれ居処を失ふもの、必ずしも魚貝・禽獣・草木のみにあらず、かの蒼天にして父祖の謦咳に背き、産土にして聚落と絶つ。人間の離苦、哀別の惨亦日ふべからず、乃ち惆悵として我に山河哀傷吟の新唱成る。

秋霖雨《あきづゆ》や多摩の小河内《をがうち》いやふかに雲立ち蔽ひ千重の鉾杉（水上）

ここ過ぎて大菩薩とふ道の峡雲《かひ》いよよふかし降らす山々

この道やつひにはかなし鉾杉の五百重《いほへ》がうれも水がくりなむ

我が見るは川の鵜の鳥岩にゐて一羽黝《くろ》きに雲来り去りぬ（蓬萊の懸崖）

山川も常にあらぬか甚し草木おしなべて人のほろぼす

秋霖雨《あきづゆ》の湯気と夜霧や家並の数いくらあらずラムプ点けつつ（鶴の湯）

おもて戸ゆ古き湯宿の灯は洩れて女童《めわらは》ひとり葡萄食《は》む見ゆ

物のほろび早や感ずらし夜のくだち貉《むじな》がどちも声をこそのめ（深夜に聴く）

泡沫《うたかた》やたぎち消えゆく命ぞと思ひきはめむ村よ為すなし（村人に代りて）

山川を愛《かな》しと思へばかくのみに遠の祖先《みおや》の声ひびくがに

朝に聴きて夕に言問ふ山川の音のたぎちよ聴かずなりなむ

厳冬一夜吟

小序

昭和十年十二月十三日払暁三時、多摩水源の山民五千人の代表七百名、折柄の寒風を衝いて、奥多摩の尾根氷川に下る。死を期して陳情せんとするなり。而も警官隊の防圧するところとなり、流血遂に莚旗を巻き、声をのんで帰る。二陣三陣四陣亦潰ゆ。次で、同日午後一時、その別働隊二百名は、大迂回して中央線塩山駅より帝都潜入を図つて成らず。又小河内の一部百名は青梅街道を裏山伝ひに御岳駅に、他の百名は五日市に出で、何れも警戒陣突破を企てて、又遂に阻止さる。東京府下西多摩郡小河内村、山梨県丹波山村、同じく小菅村之に関す。蓋し之等の地や、その峡谷を以て大東京市第三貯水池の予定地の一たり。而も爾後荏苒として上司の法定を見ざる五年、愈ゝ茲に手を空うして農耕為す無く商買為す無し。亦他の来つて投資する無し。三村幾千幾百戸、今や将に疲弊困憊の極にあり。人生の悲惨、我が言の亦尽すところにあらず、極月二十三日、潔斎、浅宵より暁闇に至る、乃ち夜を徹して此の厳冬一夜吟成る。

因に云ふ。我が此の山河を愛惜する。寧ろその人々より超えたり。而も時既に遅し。如何ともすべからず。聚落愈ゝ餓ゑ貯水池の決定待つべからざるに待つ外無きに到る。我も亦この矛盾を肯定せんとす。乃ち為政の心を以てこの心とするなり。

何ならじ霜置きわたす更闌《かうた》けて小河内の民の声慟哭《どうこく》す（霜夜に聴く）

我が水と水高々に堰《せ》きあげて涼しかるべし早やも堰きなむ（或る声）

時来り滅びむ里は人守《も》らず何ぞ時あらむ早やほろびたり

我が族《うから》早や滅ぶべし寒食《かんじき》と漬菜嚙みきらむ力すらなし

いつまでか寒き梢の日のかすれ背戸に仰ぎて我ら何せむ
小河内村つひにむなしか声のみて寒き朝日に手をつかねつつ
山がはよ滅び滅びずかくあらば早や生くるなしすべ我知らず（陳情隊に代りて）
風さむきいよよ極月あかつきの霜ふみてくだるひたひたと山を
布ぐるみ熱き摶飯《むすび》も霜朝の山くだるまに玄《くろ》くこごりつ

多宝塔

夏山にたたふる池塘《つつみ》愛《かな》しくは魚らかすかに孵《かへ》りつらむか（信貴山）
信貴のやま下べ木邃《こぶか》く見おろして九輪の塔の夕光《ゆふかげ》いまは
照る月の榧《かや》のこずゑにありしとき我がこころどに隈は無かりき
鹿寄せと鹿のい群《む》るるしまらくはさわさわとありてただに事やむ（鹿寄せ）
夏山は聴きの邃《ふか》きかときをりを角高き鹿の伸びあがりつつ

吉井　勇

吉井 勇 自選 歌集

『酒ほがひ』

若き日の夢

その一

かにかくにいとにこやかに親しみぬ深なさけびと薄なさけびと
七人《ななたり》の子がうつされてありしごとわれ映されぬ君が瞳に
鎌倉の扇が谷の山荘に朝のわかれを惜しみけるひと
君思ふ子なれどをかし或る宵は嚢家《なうか》に入りて賽投げしかな
かなしみと云ひがたきほどのかなしみに微かに顫ふわれの心か

よその子を思ひうかべてある時と知らでわれ凭る君が腕《かひな》に
饗宴のただなかにして君思ひこころにはかに寂しくなりぬ
こがらしに耳傾けぬ遁れゆく君が心に聴き入るごとく
嵐よりややはらかく胸を吹くねたみにまさる趣はなし
この夜また身に染《し》むことを君に聴く沈丁花にも似たるたをやめ

その二

われ生る君なほ在らずわれ長ず君ありすでに恋人として
傍のつれなしびとは遠方《をちかた》のめでしれびとに及ばざるかな
姦ましくなに囀るとわれ問ひぬ黙《もだ》すときなき鳥の少女に
われなくも安寝《やすい》しおはせおごそかにかの大空は君を護らむ
大空はかぎりもあらぬ眼《まなこ》もてわれらを眺む秘めがたきかな
泣く少女《をとめ》笑ふ少女と二人《ふたり》あるごとくに変る君なりしかな
黒髪が錨綱より強きこと君に教へてかへりけるかな
かりがねは空ゆくわれら林ゆく寂しかりけるわが秋もゆく

その三

君かかる寂しき人を選びしがあやまちなりとわれは別れぬ
思はずと密かに云ひしわが声の高かりしにも驚かれぬる
ただひとつ心の奥のこの秘密あかさず別る憾みなるかな
このうへの君が歎きを見ざるため海へ往《い》なむと思ひ立ちにき

夏のおもひで

夏は来ぬ相模の海の南風《なんぷう》にわが瞳燃ゆわがこころ燃ゆ
夏の帯砂《いさご》のうへにながながと解きてかこちぬ身さへ細ると
君がため瀟湘湖南の少女《をとめ》らはわれと遊ばずなりにけるかな
赤き旗高く掲げし玉突場海へまがれば君が窓見ゆ
君が家《や》の走りづかひの下男《しもをとこ》あまりみにくき文使ひかな
友ありき禁衛軍の服を著て己《し》がもののごとわが君を云ふ
滑川いくたび君の手を取りて夜半《やはん》の水を渡りける子ぞ
草枕砂まくらしてものがたる男をみなをさはなとがめそ

わが耳に夜がささやくとうたがひぬ傍《かたはら》にある君を忘れて
船大工小屋の戸口にあらはれてわれらを笑ふ昼顔の花
思はずといと冷やかに云ひはなち猛然として獅子窟に入る
鶴が岡の八幡宮の石段の十級にしてつかれたるひと
鎌倉のうら山づたひ君とゆく山百合の花月草の花
君見ゆる貝細工屋の招牌《かんばん》をすこしうごかし海の風吹く
漁火《いさりび》にまたも心をさそはれぬふたり浜辺に夜もすがらゐむ
或る夜半は大雨《たいう》に濡れて入りきたる君が姿におどろきしかな
君が窓海鳥玻璃《かいてうはり》にあたる時つと離れたるわれならなくに
わが住みし山寺《さんじ》の縁に脱ぎ棄てし君が草履にこほろぎの鳴く
砂浜の船に腰懸け君に聴く恋ものがたりあはれなるかな
月夜よし七里が浜の水際の白く顫ふを君とながむる
土蜂のうなりを聴きてわれは寝《ぬ》る恋ももののうく砂山に寝る
君とわれ夜半の二時ごろ八幡の石の鳥居の台に憩ひぬ

砂山に来よと書きこす君が文数かさなりて夏もをはりぬ
海に入り浪のなかにてたはむれぬ鰭《はだ》の広もの狭《さ》もののごと
遠空のいなづま見ればその宵の玻璃窓の外《と》を思ひ出づといふ
もろともに鎌倉憂しとぬけ出でぬ君や誘ひしわれや誘ひし
砂の上《へ》の文字は浪が消しゆきぬこのかなしみは誰《たれ》か消すらむ
伊豆も見ゆ伊豆の山火も稀に見ゆ伊豆はも恋し吾妹子のごと
朝ごとにかならずおなじ浜辺にて会へば笑ひてゆく少女《をとめ》あり
身に染《し》みぬその夜の海の遠鳴も鷗のこゑも君がなさけも
藻のかをり四辺《しへん》をこめぬ黒髪のにほひよりやや淡《あは》けれどよし
その夜半の十二時に会ふことなどを誓へど君のうすなさけなる
なでしこや大仏道の道ばたに君が棄てたる貝がらの咲く
草土手を蜥蜴はしりぬわが君の足の音にもおどろくものか
かなしげに海辺の墓のかたはらの撫子を摘みかへりたまひぬ
或る朝のそぞろ歩きに拾ひたる櫛ゆゑ心みだれけるかな

滑川越すとき君は天の川白しと云ひて仰ぎ見しかな
濡髪は夏をはるまで乾くことあらじと君をのろひしや誰
眇目《べうもく》の山荘守がわが君を思ふて病むと聴くはまことか
かの宵の露台のことはゆめひとに云ひたまふなと云へる君かな

酒ほがひ

少女《をとめ》云ふこの人なりき酒甕に凭りて眠るを常なりしひと
酒《さけ》びたり二十四時を酔狂に送らむとしてあやまちしかな
覚めし吾《われ》酔ひ痴れし吾今日もまた相争ひてねむりかねつも
酒の国わかうどならばやと練り来貴人《こうまびと》ならばもそろと練り来《こ》
かの君の涙の酒に酔ひけるよ人は知らじな酒のかなしみ
酒《さか》みづきさなよろぼひそ蹟かば魂《たま》を落さむさなよろぼひそ
諾《う》とも云ひ否《いな》とも云へるまどはしき答を聴きて酒に往きける
杯のなかより君の声としてあはれと云ふをおどろきて聴く
わが胸の鼓のひびきたうたらりたうたうたらり酔へば楽しき

眼《まな》さきに蒼蠅《さばへ》と見しは獅子なりきものあやまちしとろとろの目よ
君なくばかかる乱酔なからむとよしなき君を恨みぬるかな
かかる世に酒に酔はずて何よけむあはれ空しき恒河沙《ごうがしや》びとよ
酔びとよかなしき声に何うたふ酔ふべき身をば歎けとうたふ
さな酔ひそ身を傷《やぶ》らむと君云はず酒を飲めども寂しきかなや
酒を見ていかにせましと考ふるひまに百年《ももとせ》千年《ちとせ》過ぎなむ
恋がたき挑むと云はれおどろきし弱き男も酒をたうべぬ
な恋ひそ市の巷に酔ひ痴れてたんなたりやときたる男を
甕越《みかごし》にもの云ふひとの濡髪をただ見てあるにこころよろしき
博打たずうま酒酌まず汝等《なぢら》みな日をいただけど愚かなるかな
かなしみて破らずといふ大いなる心を持たずかなしみて破る
事わかず疑ひしげくなる時は壺の口より酒にもの問ふ
覆へす酒の甕より出でたるは誰にかくせし誰の艶書ぞ
弱きかな恋に敗けては酒肆《さかみせ》に走りゆくことといくたびかする

酒に酔ひ忘れ得るほどあはれにも小さくはかなきわれの愁か

わかうど

薔薇《さうび》の香にほひきたりぬわかうどが涙ながしし物語より
ややありてああえや忘るその夜をとわがわかうどは潤み声しぬ
人の世にふたたびあらぬわかき日の宴《うたげ》のあとを秋の風吹く
われ党《くみ》す都大路を練る子らに常にうたへるわかき人らに
やはらかき腕《かひな》に凭りて思へらくたはむれぬ子は趣あさかり
伽羅の香のみなぎるなかに胡座《あぐら》する人もなげけと秋のきたれる
うらわかき都びとのみ知るといふ銀座通りの朝のかなしみ
われゆきぬ驚破《すはや》といへる言葉をば日に七度《ななたび》もさけぶ男と
すかんぼの茎の味こそ忘られねいとけなき日のもののかなしみ
逞ましき男の肩に凭《よ》る時の心だのみを忘れたまふな
珈琲の香にむせびたる夕より夢みるひととなりにけらしな

市井夜曲

少女《をとめ》みな情を知らずいまははや末法の世となりにけるかな
いざなふは夕蝙蝠のはばたきかかの遊び屋の店清掻《みせすがき》か
いにしへはころべころべと絵を踏ますいまたはむれにわが足踏ます
あやまりて君が心のありかをば無頼《ぶらい》の子にも教へけるかな
曇りたる君が心をしのびゆく両国橋のあけがたの月
あなをかしやはらかき手にとらはれて乱行者も酒をたうべず
おもしろし六が二となる賽の目も娼家の子らが心がはりも
その男会へばかならずああ切《せつ》に元禄の世を恋ふと云ふかな
蘭蝶を聴きつつかかる時死ぬも惜しからじとぞ思ひ初めにし
いまの世の聖《ひじり》をわらふ彼等みなこのうつくしき夢を知らざる

後の恋

君見ずとかたく誓ひて来しものをもの狂はしやまた君を見る
この幾年《いくとせ》いづこに往きておはせしや問へど笑ひて答へたまはず
われと別れ今日までひとり荒山の窟のなかにおはせしものか

君にちかふ阿蘇の煙の絶ゆるとも万葉集の歌ほろぶとも
そのかなしみいまは微かになりぬれど消ゆるばかりになりぬれど猶
ただひとつ君をかなしむ目の縁《ふち》のおしろいやけの薄鉛いろ
砂山の麓にのこる足のあと恋の足あとなほ消えずけり
斑猫《はんめう》の家と思ひてまた入らず招きたまへど誘ひたまへど
秋の風肌寒うして堪へがたき時のみわれを思ひ出づる君
ただひとつ汝《なんぢ》を怖るわが少女《をとめ》つねに脱がざる黒の手套
何ゆゑかはじめて君を見しごとくかりそめ言も打出《うちで》かねつも
昨夜《よべ》の九時かへりたまひし後書くといとうつつなき消息も来ぬ

筑紫をとめ

杯をとどめし君が白き手はあたら筑紫の芹を摘むかな
築地なるわだつみ色の館《やかた》より出で来し去年《こぞ》の君をこそ思へ
とこしへに別るる君にあらねども別れたる夜の氷雨をおもふ
停車場の霙の音を聴きながら筑紫をさして往ける君はも

筑紫ゆき去年わが靴に踏みにたる土をし踏まばこころ躍らむ
帰らずばながく筑紫に君あらばまた相見ずばいかがすべけむ
しめやかに降りつもりたる雪となりて君が心は一夜《ひとよ》のこりぬ
その夜より午後の八時の時を忌むかなしき時を思ひ出づるゆゑ
不知火の筑紫の海に棄てにゆく君が心の惜しくもあるかな
危ぶみぬ筑紫をとめはその胸を水甕のごと思へりと云ふ
いづれともわかなく君は眺むらむ鎌倉の海長崎の海
うらがなしじやがたら文にあらねども涙もよほす君が消息
その秋をなほも思ひてかなしみぬその後みたび蘆の花ちる

羇旅雑詠

其一　柑子《みかん》のにほひ

明治三十九年十月伊勢紀伊の旅にて

ものなべて身に染《し》むゆふべわが船の笛のひびきも耳に残りぬ

眺むれど船のかげ見ず一条《いちでう》の太き帆綱ぞ大空を切る
空と海たぐひもあらぬ全《また》きもの二つながめて心なごみぬ
われ迷ふ橘の森ひろうして海辺山辺の方《かた》もわかなく
われは練る昨日は都大路また今日は柑子のかんばしき道
山に問ふ山は答へず山をゆき山のこころをいまださとらず
常世《とこよ》の子現世《うつしよ》の子と会ひぬべきところと高き山しづかなる
ああわれは国来《くにこ》と呼びし神のごと君来《きみこ》と呼びてかへりみするよ
善ならぬはた悪ならぬなかほどの事を好まず旅にしあれど

其二　海のかなしみ

明治四十年八月九州の旅にて

山荒く海きほへども少女《をとめ》らはうつくしといふ筑紫よく見む
旅ゆくか或は恋より遁れしか知らずうつけて海にうかびぬ
はじめの日何の思ひか身にあらむただいたづらに山見海見る
漏刻の水落ちつくす寂しさをこの夜おぼえつ夏の旅寝に

旅ゆけば唐棣《はねず》の衣《きぬ》もおもしろと或る夜かづきて君がり通ふ
あたらしき船唄かなし松の葉の琉球組の唄のごとくに
ああその夜無花果の葉のあなたより覗きし星をえこそ忘れね
遠びとのほのに息づく時なるや風はかすかに山を訪《おとな》ふ
つれなくも稲佐少女はことさらに酸き木の実をわれに与ふる
君に似し天草島のたをやめの髪おもしろし総角《あげまき》にして

『昨日まで』

郊　外

たそがれは遠き秩父の連山《れんざん》を眺めて君を思ひけるかな
門出でていづこともなく歩みゆく日毎の吾をわれとあはれむ
蠟燭は月草のごと燃えにけり五月《ごぐわつ》の夜のわかうどの窓

鎌倉の海のごとくにひるがへる青草《あをくさ》に寝て君を思はむ
おもひでは雪を戴く遠山《とほやま》を野のはてに見るごとくかなしき
野を遠くかなしき唄をうたひゆく子ありと君に書きしを思ふ
君が家のいとあはれなる屋根の草その草よりもあはれなる恋
ああ三年《みとせ》まへの夏こそ忘られね君よ破船《はせん》よ海よ月夜よ
ともすれば酒に遁るるあさはかの吾を棄てむと思ひ立ちける

逃亡

東京の秋の夜半《やはん》にわかれ来ぬ仁丹《じんたん》の灯よさらばさらばと
浅草の鳩も寂しく思ふらむ日頃見馴れしわれを見ぬため
うつくしき夜の色こそ忘られねああ東京よすこやかにあれ
秋の風馬楽ふたたび狂へりと云ふ噂などつたへ来るかな
女みなみにくく見ゆるかなしみか酒みなにがくなりし歎きか
老耄《ほ》れし新内ながし過ぎゆきぬ避暑地の街の秋のゆふぐれ
東京よひとり思へば蒼ざめし女のごとき汝《な》が顔も見ゆ

宗演はなほすこやかにわれを見て笑ひたまひぬ恋はいかにと
酒にがく女みにくしこのごろは心しきりに獅子窟にゆく
秋の日はいづこもおなじ神田なる琅玕洞も寂しかるらむ
いまごろは紫朝《してう》は何をうたふらむそれのみ夜ごと思ふかなしさ
凡骨もすこやかなりやなほ刀《たう》を忘れて酒をたうべありくや
海を見てしばし愁ひを忘れけりいとあはれなる逃亡の子は
いたましき小土佐《ことさ》の顔を思ふ夜も秋はさすがに多かりしかな
逃亡かただかりそめの厭世かとまれふたたび東京を見じ
さあれ猶ひそかにわれはおとづれぬ銀座歩めば涙忘ると
かなしくも東京を棄て君を棄てわれとわが身を棄てにけらしな
そはなほも昨夜《よべ》のごとくに思はるる都大路のありあけの月
かなしみに堪へで逃げたる吾なりきかの君をのみなどか恨まむ
なつかしき人形町の夜の靄はなほやはらかく君をつつむや
日本橋のうつりかはりも悲しかりわが身の上に思ひくらべて

雪降ればあはれ小せんが脊髄の痛みいかにと思はるるかな
玉を突く人もなきまであらけたる避暑地の冬もあはれならずや
しみじみと写楽《しやらく》の絵よりあぢはひしかなしみにこそ身をまかせけれ
由井が浜藻屑もわれを歎かしむ君が黒髪まじりぬるかと
死ねと云はば死にもやすらむかかる夜のかかる心の乱れし時は

秋と冬

広重《ひろしげ》の海のいろよりややうすしわがこの頃のかなしみのいろ
秋の日の寂しき時はただひとり停車場《ていしやば》に往き人をながむる
よく愁へよく涙ぐむかの君を秋の女と名づけるかな
海に入り死なむと書きし君が文われにとどきて秋は来にけり
あらそひは秋のことより始まりぬかくて情無《つれな》のことに及びぬ
海草《うみくさ》の赤き実多くながれ寄る浜なつかしや君と拾はむ
冬の鳥一群《ひとむれ》きたるそのむかし君と泣きたる岩の方《かた》より

夏来る

夏来れば君が瞳に解きがたき謎のやうなる光さへ見ゆ
たはれをとわれを罵る人多く夏もかなしくなりにけるかな
このごろは日毎銀座をおとづれぬ青柳もよし舗石《しきいし》もよし
朝おもふことも夕はうらぎりぬかかる子にこそかなしみはあれ

浴 泉 記

何ごとかののしる馭者の濁声《だみごゑ》もかなしく馬車は朝霧に入る
浴泉記書かばやとしも思ふかなかなしきことの胸にあまれば
ただひとり湯河原に来てすでに亡き独歩《どつぽ》を思ふ秋のゆふぐれ
泣かしめよわれこの谷にかなしみを忘れむとして来《こ》しにあらねば
鼯鼠《むささび》の巣ありとわれをあざむきて山に誘ひしかの少女《をとめ》はも
たそがれの湯槽《ゆぶね》にあれば玻璃窓に黒き猫来てわれを凝視《みつ》むる
浪花節の梅車《ばいしや》かかれり往かずやと女けうとくわれを誘へり
あなけうと山火《やまび》の灰や降ると云ひ障子をしめぬ君はさびしく
橋の上にひとりたたずみ秋の日の羽虫の群《むれ》をはかながるかな

山火《やまび》見ゆ夜の空あかしかかる時ひとしほ切《せつ》に君をおもほゆ
冬ちかしかの遠山《とほやま》の頂にはかなきほどの白雪もがな

紅　燈　行

紅燈の巷にゆきてかへらざる人をまことのわれと思ふや
夏ゆきぬ目にかなしくも残れるは君が締めたる麻の葉の帯
酸漿《ほほづき》はやがて鳴らずもなりぬべしあまりにわれを恨みたまへば
かなしくもみづから棄ててあることをさばかり悔ゆるわれと思ふや
君とあればいと微かなる夏の夜の遠いかづちもなまめきにけり
虫売はやがて出づらむ去年《こぞ》の秋君と買ひたる鉦たたきはも
やすやすと死を誓ひたる女より秋のあはれを覚えけるかな
その女まばたきの数いと多く秋の灯を見るここちこそすれ
秋風はつれなやこよひつくづくとわれの凝視《みつ》むる紅燈を吹く
君が帯秋のひびきを立てにけり涙ながらに結びたまへば
冬来れど水天宮のにぎはひはまだ君ほどにあらけざりけり

昨日まで

昨日まで何をかなしみうなだれて都のなかをさまよひし子ぞ

ただひとり都のなかに往き暮れて浪費《らうひ》をおもふ秋のゆふぐれ

こころよりよろこびこころより愁へ生き甲斐のあるわれとならしめ

君を棄てわれをも棄てて現身《うつそみ》の何ゆゑになほ生きむとすらむ

ふとわれの額《ひたひ》に暗き影さしぬ昨日《きのふ》の夢やおそひきたりし

ああ銀座こころ浮かれて歩みしもいつか昨日となりにけるかな

われなりきうなだれて往くわれなりき朝戸出《あさとで》の子も夕戸出《ゆふとで》の子も

山遠し見るに涙もさしぐまるわがかなしみはかしこより来る

夜もすがら思ふは昨日うつつなくわれにもたれし人の身のうへ

わがこころいたく傷つきかへり来ぬうれしや家に母おはします

おとづるる人もあらねばわが門は青蓬もて蔽はれにけり

二　芸　人

馬道《うまみち》の馬楽《ばらく》の家へゆく路地に夕月さすとかなしきものか

いやさらに寂しかるらむ馬道の馬楽の家の春も暮るれば

かかる日のいづれ来らむ身なるべし馬楽狂はば狂ふまにまに

春来ともうつくしき夜のつづくとも馬楽酔はずば世はも寂しき

世を棄てて馬楽いしくもありけるよ憂しと思ふは汝《なれ》ばかりかは

飄然《へうぜん》と高座《かうざ》にのぼる汝を見てあなわれかもとうたがふも吾

うつし世をかなしむままにあやぶみぬ紫朝《してう》うたはぬ日もや来るかと

ああ紫朝この世をなげく人びとのためにうたひてあるや夜毎に

秋の夜に紫朝を聴けばしみじみとよその恋にも泣かれぬるかな

盲目《まうもく》の紫朝の声もかなしかり寄席の木戸吹く秋の風かも

『祇園歌集』

祇園

かにかくに祇園は恋し寝《ぬ》るときも枕の下《した》を水のながるる
伽羅の香がむせぶばかりに匂ひ来る祇園の街のゆきずりもよし
雨降りて祇園の土をむらさきに染むるも春の名残りなるかな
香煎の匂ひしづかにただよへる祇園はかなしひとり歩めば
にぎやかに都踊りの幕下《お》りしのちの寂しさ誰《たれ》にかたらむ
ただひとり都踊りの楽屋より抜け出でて来《こ》し君をこそ思へ
一力のおあさに聴きしはなしよな身につまさるる恋がたりよな
一力の縁に燕がはこび来し金泥《きんでい》に似る京の土かな
ゆゑ知らず涙ながれぬ閉《とざ》されし歌舞練場のまへを通れば
あでやかに君がつかへる扇より祇園月夜となりにけらしな
加茂川の水をながめてもの思ふさすらひびとにものな問ひそね
夜もすがら何を恨むや歎けるや加茂川の水かなしげに泣く
加茂川に夕立すなり寝て聴けば雨も鼓を打つかとぞ思ふ
大勝《だいかつ》の女《をんな》あるじがふとりたるからだのごとく暑き夏の日

ねむたげの目のまたたきに誘はれて蛾はきたるらし種二《たねじ》の膝に
白き手がつとあらはれて蠟燭の心《しん》を切るこそ艶めかしけれ
仁丹の広告も見ゆ橋も見ゆああまぼろしに舞姫も見ゆ
さかづきす岡崎に住む先生の髭なつかしと云へる女に
狼藉と祇園の秋を吹きみだす比叡おろしよ愛宕おろしよ
秋ふかく木がらしに似る風ふけばはやくも瘦する加茂川の水
病みあがり吉弥がひとり河岸《かし》に出て河原蓬に見入るあはれさ
寂しさに加茂の河原をさまよひて蓬を踏めば君が香ぞする
ゆるやかにだらりの帯の動く時はれがましやと君の云ふとき
三四人そろひて入り来《く》舞ごろも光琳波の金襖かな
かなしみは蓬の香よりきたるなりおれんなゆきそ加茂の河原に
鳥辺野に夜半《よは》に往かむと云ふは誰《たれ》ささやきかはす舞姫のなか
清水の陶器《たうき》の舗《みせ》の看板の取り入れどきを君とかへりぬ
円山の長椅子《べんち》に凭りてあはれにも娼婦のあそぶ春のゆふぐれ

叱られてかなしきときは円山に泣きにゆくなりをさな舞姫
叡山の荒法師とも云ひつべきひとと遊びていなづまを見る
舞姫に笑はれながら酒を酌《く》む丹波の客も床《ゆか》にすずみぬ
秋江《しうかう》が閨の怨みを書く時を秋と云ふらむ京の仇し寝
あだ名して樊噲《はんくわい》と呼ぶ極道《ごくだう》もしみじみとして遊ぶ秋の夜
京さむし鐘の音さへ氷るやと云ひつつ冷えし酒をすすりぬ
南座の幟の音がこころよくわが枕までひびき来る時
先斗町《ぽんとちやう》の遊びの家の灯のうつる水なつかしや君とながむ

島　原

島原の角屋《すみや》の塵はなつかしや元禄の塵享保の塵
菜の花の花のさかりや傾城《けいせい》のたましひのごと蝶ひとつ来る
その女東寺《とうじ》の傍《そば》に皷など教へゐたるがいづちゆきけむ

洛　外

嵐山来《き》は来つれども君あらぬこの寂しさをいかにすべけむ

落柿舎に来てふと思ふ鎌倉の虚子の庵は何と云ふ名ぞ
しめやかに時雨の過ぐる音聴こゆ嵯峨はもさびし君とゆけども

宇　治

月夜よし寝じなと云ひし人のため宇治の一夜《ひとよ》は忘れがたかり
別れ来《こ》し君が身のうへしのびつつ宇治の河原におもひ草摘む
黄檗の寺の鐘の音《ね》しんしんと君思はせてねむりかねつも
旅なれば伏見の街の夜半の灯もかなしくひとり京へいそぎぬ

南　地

秋の夜の道頓堀のにぎはひのなかにあれどもなぐさまずけり
たそがれの角座《かどざ》の幟はたはたと吾《あ》を紅燈の街にさそへり
富田屋の文づかひする下男《しもをとこ》雨に濡れつつ街をはしるも

『祇園双紙』

祇園双紙

京に来て菩提心持つ子となりぬ鐘の音《おと》にも涙こぼるる
もろともに葵祭を見にゆかむ薄約束《うすやくそく》の君なりしかな
寄せ書にわが思ふ子の名もありて胸をどるなり京の絵葉書
寂しければ大徳寺にもゆきて見つ時ならぬ雪降るがまにまに
うれしきは君にもあらず遠州が好みの石の置きどころかな
菩提講の札さびしげにかかりたり伽藍人なき春のゆふぐれ
宵の口ただひとときの逢瀬だにうれしきものか京に来ぬれば
秋さむし金のこぼるる舞扇だらりの帯のうしろつきなど

浪華風流

小夜ふけて角《かど》の芝居の果太鼓《はてだいこ》かなしく水にひびき来るとき
筆取りて達磨大師の絵を描きぬ八千代が春の夜のたはむれ

『黒髪集』

国貞描く

やすやすと恋もいのちもあきらむる江戸育ちより悲しきはなし

通り魔にふと逢ひしゆゑ君が家《や》をおとづれざりき恨みたまふな

やるせなさそれもはかなきなぐさめに黄楊《つげ》の横櫛すればなるべし

清元の稽古もさがる日となれば女ごころの悲しからまし

二情人

薄なさけ深なさけはたいづれぞや二人《ふたり》がなさけくらべ見る時

秋来れば二人かたみによく泣きぬつれなしと云ひうらめしと云ひ

昨夜《よべ》踏みし女とこよひ踏む君とことなる秋の夜の草かな

身はひとつ心はふたつわが恋はこの合ひがたき理《り》より破れむ

一人は死なむと云ひぬ一人は生きむと云ひぬいかにしてまし

恋無情

むつまじく語りてゐれど何ごとを企みゐるらむ心ごころに

「夜もなほ眠らず何を書きたまふ」「君と死ぬべく書置を書く」

みな恋のかたちを変へし姿なり君を憎むも君をのろふも

やがてまたもとの一人《ひとり》にかへるらむひとり寂しく墓にゆくらむ

おなじ世に君あることを憂しとする日の近からむことを怖るる

かくならむ恋とも知らず頼みたる君をあはれむわれをあはれむ

或るひとの或る夜の仮《かり》の情ゆゑわれ堕《お》ちにきとひとに語るな

あはれなる君よとひとりつぶやきぬ世にも悲しき恋の終りに

深なさけ

君は云ふかばかり思ひ思はるる恋に暇《いとま》のありとおもふや

深なさけ仇なさけよりすこしよし薄なさけには及びがたかり

よしえやし海の深さははかるともなさけの深さいかにはからむ

死ぬばかり君を思ふといふ言葉いくたび云へば許したまふや

一夜

悲しやと耳のほとりに来て云ひぬ君やささやく夜やささやく
夜の雲月の出しほか遠火事《とほくわじ》かほのかにあかくものの恋しき
しづかなる夜なりき君がおくれ毛をもてあそぶほどの風はあれども
秋の夜やまた泣きに来るひとのある前ぶれのごとこほろぎの鳴く

祇園拾遺

冬の夜の凍てし鼓をあぶる手の痩せしもあはれ誰を恋ふらむ
うつくしき僧とをさなき舞姫の恋がたりなど悲しかりにし
次の間に君の脱ぎたる舞ごろもありてなまめく夜半なりしかな
打たるるもよしや玉手に抱かるる君が鼓とならましものを
舞ごろも取り出しては泣くといふ病みたるひとの文もとどきぬ

鎌倉歌

鎌倉は浄土にかあらむわれのみか釈宗演《しやくそうえん》も冬ごもりせり
君を見じつれなきひとを見じとしてまた鎌倉に冬ごもりする

かはりしはわればかりかは砂山も幾冬《いくふゆ》経ぬれかたち変りて
夜もすがらとどろとどろと鳴る海の音ばかりかは夢を破るは
思ひわびわびたるいやはてのわびずまひとは知る人もなき
鎌倉の七つの谷の谷隈《たにくま》のかなしきわれの冬ごもりかも
たはれをのたはれ事《ごと》にも倦き果てて鎌倉浄土恋ふるなりけり
はなやかに日を送りたる身にとりて浪の音《ね》ばかり悲しきはなし
君が家の犬を率《ひき》ゐし朝戸出もいつかむかしとなりにけらずや

続鎌倉歌

置きてゆくひとは誰が子ぞ朝ごとにわが門《かど》にある朝顔の花
夏過ぎて恋をたのまずなりし子の歌あはれなり朝顔のごと
鎌倉や海のかよひ路いちめんに撫子となる夏もちかづく
君が帯くれなゐなるが夜目に見ゆ貝細工屋に海の風吹き
鎌倉の恋を語ればひと笑ふさばかり恋はをかしきものか
世にそむき君にそむきてわれひとりいきどほろしく向日葵《ひぐるま》を植う

わが家に君来ずなれば冬がまへはやくもするや鎌倉の里

『仇　情』

仇なさけ

日に夜にいくたび変るみこころぞそよかぜとなり稲妻となり
あざけりぬわれを試さむ謀《はか》りごと女の智恵のあさましさなど
いざさらば君は君とてもの思へわれはわれとてものを思はむ
はや褪せぬくちびるのいろ髪のいろ心のいろは見ねば知らざり
冷笑《れいせう》もうつくしき子がする時はいとすさまじきここちこそすれ
うつくしさ取りかへさむと企みゐる女を笑ふ秋の風かな
西鶴の一代女読みしとき思ひあたりし君にやはあらぬ
なにがしといへる遊女のはてに似るこのあはれなる秋の女よ

もてあそぶ心にあらずわがこころ弄ばるる心なるらし
謀叛をば企みゐるとは知らざらむ一尺ばかり君を離れて
いとせめて恋の歌などつくらずばわが世はいかに寂しからまし

湘南哀歌

鎌倉の夜のつれづれの棄て書も君が名ありて破りかねつつ
いそのかみ金槐集《きんくわいしふ》の作者ゐしところに住みて君を思ひぬ
夜となれば海も眠りぬわれも寐む海もわがごと悲しからまし
鎌倉に獅子王文庫いまはなしわれのこころに君なきがごと

相思

恋しやと云へば君また恋しやと云ひぬあたかも山彦のごと
かくばかり思はれ思ふ恋をするこの人の子ははやく死ぬらし
今日あらば明日も明後日《あさて》もその後の日もえうなしと思ふ二人ぞ
わが吐息君が吐息に触るるときはじめてそこに秋風を生む
いついかにいづこいかなるところにてわれやはじめて君を見にけむ

うつくしきものの譬喩《たとへ》に君を引き悲しきもののたとへにも引く
わがこころ悶え煩ふみなもとをそのみなもとの君に問はれぬ
ほほ笑みぬやがて微かにうなづきぬとのみに後のことは忘れぬ
恋はただひとつわが君ただ一人《ひとり》残りはものの影と見たまへ
待てど来ずさびしくかへるあぢきなさ摘み尽くしたる秋の花かな
破れたる恋の痛みもかねて知る現身《うつそみ》なれば歎かざらめや
いつよりか君を思ひしふとわれはこの不可思議に思ひあたりぬ
うつそみはなほ漂ひてあるごとし心はすでにゆくへ知らずも

『未　練』

未　練

いささかの未練はのこれ野晒《のざらし》となる身のはての何を思はむ

な忘れそ時には思ひ出でよなど未練がましきことも云ひぬる
生死《いきしに》もともにせましと誓ひたる言葉もいつか忘れられつつ
浅草はふるさとよりもなつかしきところと云ひぬ未練がましく
涙落つ君を恨むやみづからを歎くや何のゆゑもあらぬや
夜となれば昨日は君を捲きし手を枕にしつつもの思ひする

恋愛三昧

死ぬばかり君を恋しと思へどもまた或る時は刺さむとぞ思ふ
妬まれて虐《しひた》げられて恨まれてながらふべしやわれの命も
そは君がありのすさびのつれづれに弄びたる恋にやはあらぬ
莚升《えんしょう》は旅ゆき荷風《かふう》世をのがれわれのみひとり人を恋ふるや
思ひ寐に昨日は寐ねぬ今日はまた悲しさあまる恨み寐に寐む
音立てて君が横櫛落つるときはじめて秋と思はれしかな
目を閉ぢて頬に頬寄すればうつつなし三年《みとせ》四とせはいつか過ぎぬる

新弄斎

よしやかの弄斎《ろうさい》ならね君がためつくりしわれの歌もさふらふ
しら玉の君はわれゆゑ身が細るわれは君ゆゑいのちが細る
さらさらに名を立てじとは思へども詮《せん》なやその名おのづから立つ
恋知らず情知らずのうきひとは三味線堀の秋に棄てばや

あだびと

やうやくに心落ちゐぬつくづくと思へば君も恨みがたかり
雨降れば隠亡堀《おんばうぼり》のにごり水君が家さしてゆくとかなしき
時ありてふたたびわれにかへり来る君と信じてうたがはぬかも

おもひで

いつの日のおもひでならむ黒襟と黄楊の横櫛まぼろしに見ゆ
昨日をばいくつ数へて忘れえぬかの日となるや知らば教へよ

浴泉秘事

夜は深しかつては蘆花《ろくわ》も聴きにけむ慈悲心鳥の鳴く音《ね》聴こゆる

君は湯に山うぐひすは山の巣にわれは夜床にものを思へる
西鶴のものがたりにもはや倦みて君を思ひぬ雨の日ぐらし
来《こ》よといふ君が文よりまたしてもわが世の秘密ひとつつくりぬ
時ならぬ杜鵑《とけん》のこゑす湯の宿のおそろしき夜の冬のあけがた

うたがひ

うたがへば果てなく君のうたがはるうたがひ死《じに》に死ぬかとばかりに
おのづから差櫛折るる日ありともわれの心をうたがふなゆめ
深く恋へばいよいよ深くうたがはるはてなく君をうたがふも恋
やごとなき恋人なればはしたなきものうたがひはすまじきものぞ
ただひとつ胸に残りしうたがひのために破るる恋と知らずも
やはらかに君の心をうるほはすうたがひならばするもよからむ
うたがひもほのかに胸に来るときは沈丁花など嗅ぐここちする

わかれ

黒襟は君にふさはじかく云ひし言葉のために別れたまふや

また君と逢ふときあらぬここちして昨日も別れ今日もわかるる

別れむとまづ云ひたるは君なりきとりとめもなき争ひの後

消　息

われを責めわれをのろふと書きし文一夜《ひとよ》のうちに蛇《くちなは》となる

尋《ひろ》あまり何を書きけむ恋しやといふ文字《もじ》のみは目に残れども

『毒うつぎ』

筑紫の旅

いにしへの防人《さきもり》たちも筑紫路に来て嬬《つま》を恋ふ歌をうたへり

かにかくに君は遠しと思へばかうたた寂しき旅もするかな

不知火の筑紫の海の遠鳴もなつかしければはるばると来つ

京　恋　し

はかな言《ごと》云ふ舞姫の手にありて蛍の光いよよ青しも
夏痩か恋のやつれか昨日今日わが舞姫は何のおとろへ
祭過ぎ大文字《だいもんじ》過ぎ夏もゆくいとあわただし京の暦《こよみ》は

浪華のひとへ

遠くゐて浪華を思ふこころよりこのはかなさは湧けるならぬか
君が文座摩《ざま》の御祓《みそぎ》のあくる日と書きし日附《ひづけ》もなつかしきかな

伊勢の巻

鈴の屋の鈴はかしこしわが家の恋の文がらかしこきがごと

馬楽追憶

狂ほしき馬楽のこころやがてこのもの狂ほしきわがこころかな
蛇《じゃ》の茂兵衛といへる男のものがたり馬楽はしたりその夜忘れず
気のふれし落語家《はなしか》ひとりありにけり命死ぬまで酒飲みにけり
浅草や観音堂に月させど馬楽を見ざる三年《みとせ》なるかな
ありし世のありのことごとしのびつつ馬楽地蔵に酒たてまつる

蠟燭を細くともせし枕もと馬楽病む夜のまぼろしも見ゆ
浅草は秋公孫樹葉《あきいてふば》の散るところむかし馬楽の住みけるところ
三日月は黄楊の櫛より細かりき馬楽を訪ひし夜のおもひで

わがいのち

世を厭ひみづから殺す日を待てるこの現身《うつそみ》のいとほしきかな
ままならぬ人の世ゆゑにあぢきなう別れし君のいとほしきかな
年老いて不孝の子をば待ちたまふわが父母《ちちはは》のいとほしきかな
誰《たれ》が子かもて来《き》て呉れし水仙の花の小さきもいとほしきかな
われを見て嘲けるごとく笑ひゐる写楽の絵さへいとほしきかな
ふと傍《そば》の句集を読めばいにしへの太祇《たいぎ》の句さへいとほしきかな

『河原蓬』

河原蓬

はるばると京を思へばほのかなる蓬の香さへ夢に入るかな
山鉾の宵の飾《かざり》のにぎはひのなかにわれあり君と見るべく
上加茂の水無月能《みなづきのう》もいつか過ぎ君と見るべき京の夏来ぬ
一力のはなやかさよりこの秋はかの落柿舎の寂しさにゐむ
年ごとにまさる寂しさ太祇忌《たいぎき》もいつしか過ぎて京の秋来ぬ
比叡おろし今日もまた吹く舞姫の恋破れよといふがごとくに

秋の思

秋の夜はものぞなつかし夜毎ゆく銀座通りの好《すき》ありきかな
寂しさに好ありきするならはしも秋がつくりしならはしにして
人恋し灯もなつかしと夜戸出する寂しきころを秋と云ふらむ
かかる夜の霧にまぎれてたたくべき美しき灯のさす窓もがな
秋の夜の霧の大路《おほぢ》を走りたり夢おほく見てものに狂へる
秋の夜もにはかに更けし心地しぬいまはたおそき悔のかへりみ

桐の花実となるころの雨なれば太祇の句など読みて聴くべし
何ゆゑに棄てたまひしと云ふごとく秋の風来てさめざめと泣く

浴泉記

雨を見る雨にけぶれる山を見るかくてはかなく君が文見る
山見れば山に雪ありしかすがにわれに愁のなからめや冬

鎌倉哀歌

鎌倉の七つの谷の秋ふかし君のふるさとわれのふるさと
夜をこめて伊豆の山火《やまび》は燃ゆといふわれも夜すがら君を思はむ
砂山にわれらがつけし足跡もむなしく消えて幾年《いくとせ》か経《へ》し
冬の日はつめたくさしぬ砂山は墓のごとくに静かなるかな
うき恋のなれの果かとあざけるやわが鎌倉のひとり住居《ずまひ》を

夢見るひと

人の世の旅のなかばもはや過ぎぬ恋二つ三つ失ひし間に
ただひとり旅に出づるもわかき日の見果てぬ夢のつづきなるべき

人の世を源氏の君も厭ひにきわれの厭ふをとがめたまふな
葛飾の紫煙草舎の夕けむりひとすぢ靡くあはれひとすぢ

『鸚鵡石』

芝居十二景

にぎやかに幕の開くときわれにのみなどかはかかる寂しさの来る
序幕よりはやくも泣きぬ惜しからぬ涙を君は持てるものかな
魚がしの幕に斜めに夕日さしこの幕間《まくあひ》のしづかなるかも
幕間のみじかき逢瀬はかなしといふ文きたるあくる朝かな

舞台と桟敷

芝居見て胸のしづまるものならば泣きね歎きね涙ながしね
ともすれば涙をながす憂《う》き癖も芝居に得たる病なるべし

誰か知るわが世短きかなしみを一幕物の淡き愁ひを
赤面に白髪《しらが》のかつら大跨《おほまた》に舞台のうへを練るは誰が子ぞ
うつくしき夢にわれらを誘ふごと延寿太夫の声の聴こゆる
清元のかなしき声はわが胸の幾年《いくとせ》まへの傷あとに染《し》む
恋や死や黙阿弥ものを見るときは因果の法《はふ》をなみしかねつも

おもひで

芝居見にはじめて往きしいとけなき日のおもひでの鶏頭の咲く
自雷也《じらいや》の夢を幾夜か見たりけむ不思議を知りしをさな心に
ゆく春の名残りを惜しみ歌舞伎座のまへを通りぬひとり寂しく
わが友の旅の役者のものがたり読みてさびしく秋の夜は寐む

鸚鵡石

うつつなくものを思ひぬ幕開きて意休の髯のながき春の日
しんしんと雪の降る夜に団蔵の仁木《にっき》を照らす面《つら》あかりかな
夜叉王が鑿のにほひもなつかしや舞台のうへの友を思へば

『悪の華』

俊寛　倉田百三作

さながらに餓鬼のすがたや左団次の俊寛のこゑ胸にせまるも
われもかく人をのろひし日もありき俊寛を見て涙わりなし
俊寛の胸のなげきをさながらに山鳴ぞする海鳴ぞする
俊寛の身には藻草も生《お》ひぬべし人をのろへば石となりぬる
あさましく生きむがために争へる人ごころ見てわれも寂しき
蟹のごとよろぼひ匐ひぬ俊寛もあはれ餓ゑては岩を食《くら》ふや
迦具土《かぐつち》の火燃ゆる島の流人《るにん》には俊寛よりもわれやふさはむ
桟敷まで鬼界が島となりぬるや幕閉づれども浪の音して
幕閉ぢてしばしがほどは怖ろしき人のこころにをののきて居り

第一の世界　小山内薫作

世を厭ひ世と隔たりて住むひとをわれのほかにも見るが悲しさ

閉されし扉《と》は開かれぬうそ寒き悲劇の風はここよりぞ吹く
ものなべて果敢《はか》なき時は左団次の摺る燐寸《まち》の火もあはれなるかな
窓の外《と》の夕日あかるし客去りて幕切れの鶏《とり》くくと鳴くとき

芝居双陸

あはれなるお三輪の恋に涙落つすこし身に染《し》むことあるがため
幕開けば夢見るごとくまたたきぬ巌太夫のまへの蠟の灯
芝居見る心はをかし舞台なる時頼《じらい》法師もわれとおもへり
松莚の荒法師にも似たる友ありき高野《かうや》に往きてかへらず
つと入れば桟敷人なく花道を喜撰をどけて出で来るところ
しみじみと涙をながす宗岸のきんか天窓《あたま》に秋の風吹く
舞台にて大杯を乾すひとよ汝《なれ》もわがごと世をば嗔《いか》るや
わが友に似たり素襖に酔ひ痴れてたんなたりやと踊る男は
うばたまの髭黒々の九郎兵衛はすつぱながらもいしく踊れる
深川の夏のけしきとなりにけり閻魔堂橋に夜の雨降り

陸奥《みちのく》と聴けばをかしきわれなれや芝居を見つつ旅を思へる
袖萩と袖萩の子に雪降りて舞台はかなくたそがるるころ
幕切の鐘の音かなしそのむかし京にて聴きし鐘の音に似て
松助の皺嗄れ声にさそはれて雪は降り来るものと思ひぬ
春の風ふたつの獅子を吹きて来ぬ赤がしらよな白がしらよな

傀儡抄

たまきはる命を持たぬ人形も文五郎の手にあれば生きぬる
古靭のかなしき声にさそはれて蠟涙しとど流れぬるかな
ここ過ぎていづこに往くや清六の撥《ばち》のひびきに似たる夕立

『夜の心』

自画像

この額《ひたひ》ただ拳銃《ぴすとる》の銃口《つつぐち》を当つるにふさふところなるべき
現身《うつそみ》の寂しさに胸いたむころ額の皺も深みゆくころ
うなだれて額に手をば当つれども懺悔の心などか起らぬ
わが額《ぬか》を縦《たて》に刻める皺ひとつかなしき恋をいまも語れる
いくたりの忘れぬひとをうつしけむ瞳か知らね今日も曇れる
幾とせのわがかなしみをたたへたる瞳の深さ君よはかりね
この瞳また澄ますべきよしもがなよしもがなとて歎きくらすも
われを見てあなけうとしの阿闍梨顔《あじやりがほ》往ねと云ふひとあるが寂しさ

鸚鵡杯

しみじみと見ればかなしき酒のいろわれの心のいろやうつれる
酒に酔ふ否かなしみに酔ふといふ争ひをかし果しなければ
末法の世を歎きわび今日もまたいきどほろしく酒に走るも
いにしへの万葉集の歌びとも酒を讃へぬわれもたたへむ
まぼろしに須弥山《しゆみせん》も見るおもしろさこよひも酒をたたへあかずも

大跨に銀座通りを歩むときわれも酒場の猛者《もさ》かとぞ思ふ

懺　法

ことごとく五つの戒を破りたる身も秋来れば涙ながしぬ

女らの空涙《そらなみだ》とはことかはり熱くも頬をつたひぬるかな

浪華なる与兵衛といへる極道がしたることをもわがごとく云ふ

祇　園　帖

秋江《しうかう》が恋ふる女のみだれ髪にも似るものか京の柳は

ややありて寂しさ湧きぬ今もなほかはらぬ加茂の水の音かな

たとふれば君の心の寒さにも似たりと云はむ京の夜寒を

懺　悔　行

旅に死ぬわが身のはてを思ひつつ野ざらし紀行読めばかなしも

君を得ずただ寂しさを得しといふ人あり旅に出づと云ひける

あなをかし旅にて得たる寂しさも遊びのはての寂しさに似る

夕されば狩場《かりば》明神《みやうじん》あらはれむ山深うして犬のこゑする

南山《なんざん》の雲より遠く北山《ほくざん》の雨よりさむき君とこそ思へ
秋江が去年《こぞ》の高野《こうや》の消息に書ける霧よな書ける雲よな
これを見て懺悔の歌をつくらむと机の上にまづ独鈷《とこ》を置く
わが墓のまへに来て泣く人もなき寂しき死後のさまも思ひぬ
いつはりの世を厭へばかこのごろは太祇の句にも親しみにけり

或る女

恋知らず情知らずのかのひとは卑し首陀羅《しゆだら》の娘なるべし
やや似ると君をおもひぬ西鶴の好色庵の女あるじに
君に問ふ如月ごろの比叡おろしよりも寒きは誰のこころぞ

夜の心

夜はくだつしんしんとして迫り来るこの寂しさが命けづるや
わが胸のうちにも浪の音聴こゆ暗くさびしき海やあるらむ

長崎紀行

長崎に来てはや三年《みとせ》経ぬといふ狂人守《きやうじんもり》の茂吉かなしも

病みあがりなれど茂吉は酒酌みてしばしば舌を吐きにけるかも
赤寺の沙門即非《そくひ》の額にさす夕日はかなし人ひとりゆく
長崎に来れば忘れむかなしみか丸山ゆけば消えむ愁ひか
丸山の遊女がすなる夕絵踏白き足よりたそがれにけり
ぎやまんの大杯《おほさかづき》を手に取れば寛濶ごころおさへかねつも
凧《はた》揚《あ》げの猛者《もさ》と聴こえて逞ましやわが長崎の君の兄者人《あじやびと》
寂しきは南京街のたそがれにふとしも見たる金糸雀《カナリア》の籠
なつかしやそのころ読みし長崎のことを書きたる荷風の文も
白秋とともに泊りし天草の大江の宿は伴天連の宿

寒檠荘雑詠

狂ほしきことのみ思ひつづくれば或る夜はをかし灯とももの云ふ
如月の秩父颪《おろし》の音を聴き比叡おろしかとうたがふもわれ
空遠く秩父の山の雪見えてわが思ふことすこし寂しき
凩《こがらし》の音はけうとし世を挙げてわれをあざける声にかも似る

獅子もその窟にあらば眠るべしわれのわが家《や》にあるがごとくに

『鸚鵡杯』

薔薇その他

かの君の言葉のなかにある刺《とげ》は薔薇の刺より痛かりしかな

ほのかなる薔薇のにほひのなかにゐて死を思ふより楽しきはなし

まづ思ひ出づるは君が手にあらずむかし紫朝が撥を持てる手

狂ほしく馬楽手を振りものを云ふ姿も見せぬ夜のまぼろし

そのかみの浪華あたりのさすらひの旅ごこちもて秋風を聴く

みづからを嘲けるおもひ起りたり秋のゆふべのもののまぎれに

そのむかし市井《しせい》無頼のなかにゐて流しし涙忘れかねつも

わが墓の立てるをひとり見てありぬ寂しき夢を見たるものかな

眈々亭雑詠

ただひとり生れはたまたただひとり死ぬを寂しと思はざらめや
死は寂ししかはあれどもうつし世に生きてあるほど寂しきはなし
遠き世のよその恋とも思はるるばかり時経ぬ夢と思はむ
窓を閉づひとり寂しく窓を閉づうき世の風の入るを厭へば
かにかくに世をすね人がもの思ふあかつきの窓たそがれの窓
願はくばひとりわがゐるうつし世のこの地獄よりはやく出でしめ
恋のごとこころ躍らすものありやわれの往くべき道のゆくてに
かにかくに相模の国の田舎酒酌みておもひぬ亡き友のこと
師走来ぬ思ふはむかし落語家《はなしか》の小せんの家の年の瀬の酒
師走空ながめてひとり浅草をさまよひしころも恋しかりけり
酒に酔ひ世をののしりてあるもよしとまれかくまれ年はゆくらむ
落魄のうちに死にたる友のことふと思はるる師走月来ぬ

酒みづき

杯を棄てて起つべき時いまだ来ずやと思ふ年ごとにして
凡骨《ぼんこつ》が袂に鳴らす銀銭《ぎんせん》に酒のさむさを思ひ知るころ
杯のなかに地獄はありきとよわれの堕つべき孤独地獄は
杯とわりなきことを語りたるもの狂ほしき夜もありしかな

旅　愁

いつまでもさすらひ癖のぬけやらぬ身こそあはれと思ひ初めしか
寂しさの果を極めむねがひもてはるばる遠き旅をおもへり
わがこころ寂しきゆゑか夏すがた寂しきひとを祇園会に見る
はからずも逢ひし機縁となりしゆゑ祇園祭のおもひでもよし
わが友がうらぶれの身をひそめゐし蹴上《けあげ》の宿《やど》はいかになりけむ
白秋が生れしところ柳河の蟹味噌に似しからき恋する
雲仙の島原みちの午さがりかすかに船の笛の聴こゆる
ふるさとの薩摩おもへば涙落つ柑子の山に老いし叔父はも

生友死友

おもひでと云へば鏡花の文にある九つ谺なつかしきかな
斑猫《はんめう》に似しものまへを飛び交《か》ひぬ鏡花を読みしのちのまぼろし
おもひでのなかに河童の多見次ゐていまもをりをりわれにもの云ふ
梟のこゑか鼓を打つ音か鏡花の文《ふみ》を読めば聴こゆる
その筆もいつしか痩せむ秋江《しうかう》は閨の怨みをまたしても書く
啄木と何をか論《ろん》じたる後のかの寂しさを旅にもとむる
北海の恋を語りて涙ぐむ啄木の顔をわすれかねつも
牧水も逝きて今年の秋さびし旅にゆけども酒に酔へども
杯をまへに置きつついつとなく牧水の死をかなしみてゐし
口悪《くちわる》の紅蓮《ぐれ》の翁のざれ言もいまはふたたび聴くよしもなし

『人間経』

巻一　相模野の庵にありて詠みける歌

その一

ひとり生きひとり往かむと思ふかなさばかり猛きわれならなくに
懐に銭の乏しきそれもよしこころの貧《ひん》をいかにせましな
家にあれどなほ旅にあるここちしぬわが綻びを縫ふひともなく
いとけなき日の滋《しげ》る来て訴へ泣く夢に目覚めぬ秋の夜の二時
せめてわが一生《ひとよ》のうちにただ一度命を賭くる大事あらしめ
世をあげてわれを嘲ける時来とも吾子よ汝《な》のみは父をうとむな
かにかくに無頼の友もなつかしや浅草の夜の酒をおもへば
あめつちの四季の秋には寂《さび》あれどこころの秋はただに冷たき
酒みづき無頼たはれをさまざまの名を負はされてわれや来にける
膝抱きて歌をおもふは項垂《うなだ》れて死をおもふより少し楽しき

秋来れば羅漢顔《らかんがほ》してありぬべし命さびしきことも思はず

その二

生くること死ぬことなどを思ひゐぬ草木虫魚《さうもくちゆうぎよ》よりもはかなく

ひとりあれば心を刺しに忍び寄る何ものかあり秋の夜更けに

かかる時突きつけられし白き刃《は》の秀《ほ》さきのごときひと言もがな

草と木と風とを友としてあればわが世は楽し君とあるより

思ふことなべて違《たが》ひぬ志やや大にしてせんすべもなし

枯葉採《と》り枯枝《かれえ》あつめて火を焚けばゆゑわかなくに涙あふれ来《く》

山芋を掘りて呉れたる相模野の鶴間《つるま》媼《おうな》につつがあらすな

ひとり読みひとり思ひてあることを寂しけれども楽しとぞする

なまなかに昔おぼえし華奢《くわさ》のため人の知らざる寂しさに居り

われもまた艶生涯《えんしやうがい》とみづからの伝には書けどさびしわが世は

十月の八日はわれの生れし日暦を繰らば悪しき日ならむ

世に出でて風雲の児《じ》とならむより隠れて歌に生きむとぞ思ふ

おろかなる父もわが子を思ふときとやせんかくやせんと煩ふ
世を棄てむ心起せど吾子《あこ》のこと思へばむげに棄てもかねつつ

その三

生死《いきしに》のさかひにありて酌む酒のこの冷たさは知る人ぞ知る
朝《あした》には生きむと願ひ夕《ゆふべ》には死なむとおもふ愚かなるわれ
庭荒れてちちろちちろと虫鳴けば酔ひつつぞおもふ落魄の歌
わが床《とこ》に寝《ぬ》れども旅寝するごとしみづから名づく秋かぜの家
ただひとり夕餉をすると取る箸も虎杖《いたどり》めきてあはれなるかな
秋来れば心するどく尖《とが》り来て貫きぬべし君の胸さへ
世之介も老いては世をば寂しみぬわれ秋風を聴くをとがむな
母刀自が老いて寂しく暮らします千駄が谷をば思ひやる秋
この夏は吾子も日毎に遊びたる鶴間が原に秋の風吹く
にはかにも阿夫利天狗《あぶりてんぐ》の風吹き来大山祇《くおほやまつみ》よ何を怒るや
孫悟空空《そら》を飛ぶやと思はるるばかりはげしく走る夜の雲

世はさびし馬楽地蔵をまつる日も秋の暦のなかに加へよ
法華経を写すならねどもの書けば心あまりに澄みてさびしき
燃ゆる時またあるべしとわが胸をいたはりながら秋の夜を寝《ぬ》る
いくたびか燃えたるのちに残りたる心の灰をいかにせましな
いささかの濁れる酒といささかの読むものあれば足るこころかな
道ばたの栗を拾へば高輪の家《いへ》見え八歳《やつ》のわが姿見ゆ
酒酌みて世をばののしるわが友の古袷にも吹ける秋かぜ
無頼ともたはれをとしも云はば云へ死ぬべきに死ぬことのみは知る
風雲の児《じ》とならばやと思ひたることもむかしの夢なりしかな
冷やかに笑むが習ひとなりにけり叛きそむかれ来しがまにまに
わがこころ剣《つるぎ》のごとく冴えて来ぬ何時《いつ》誰をしも刺さむとすらむ
やりどころなき雄ごころのゆくところ遊侠の徒となりぬべきかな

その四

枯薄あさましき野となりにけり一月《ひとつき》あまり旅にゐし間に

いきどほりやる方もなく朝ごとに蹶《く》えはららかす霜ばしらかな
みづからの数奇《さつき》の生《せい》を歎くべく習ひおぼえし歌にやはあらぬ
霜見れば年ごとに増す鬢の毛の白きをおもひかなしきろかも
風さむし吾子《あこ》やいかにと思ひつつ煮ゆるを待ちぬ炉の上の酒
忘られて林のなかにわれ住めば斑猫《はんめう》さへもおとづれぬかな
世に出づるべく阿《おも》ねるを敢てせぬわれはもやがて餓ゑて死ぬべき
現身《うつしみ》はいつかは死なむ死なばまた見がたき吾子のいとほしきかな

その五

相模野に春は来れどもわれはもや家持《やかもち》のごとは妹《いも》を思はず
酔ひ臥しの相模之介《さがみのすけ》の太腹《ふとはら》をゆらら吹き来しごとき春風
遠山《とほやま》の消え消え雪を見るときはわれの思ひもいつか消え消え
ひと冬を親しみし炉にわかれけり吾妹子としも別るるがごと

その六

われありき除目《ぢもく》に洩れて寝酒酌む相模守《さがみのかみ》のごときここちに

ほの白く胸にのこれるかなしみを心の尉《じよう》と思ひてしかな
わが思ひ風に吹かれて飛ぶごとし木の葉のごときものならなくに
かにかくに風雲の児《じ》となるもよし世を棄てびととなるもまたよし
にごりたる酒は酌めども濁りたる世に出づべうも思ほえぬかな
酔死のいきどほり死《じに》するときやはじめて君は涙ながさむ
われもまた丈夫《ますらを》なればいきどほること多《さは》にあれば酔死もする

その七

末の世のへろへろびとのなかにゐむ吾と思はず旅にこそ往け
相模野や鶴間が原の夏草もわれの心を旅にいざなふ
末の世のへろへろびとは見むもうし旅にい往きて海をこそ見め
旅を思ひ佐渡をおもへば日蓮の袈裟書《けさしよ》恋しくなりにけるかも
一杯の番茶に咽喉《のど》をうるほしてまた読みつづく日蓮の文
わがこころうち澄ますべくそのかみの師の一喝に似る声もがな
朝ごとに慰め顔に縁《えん》に来てほろろと鳴くは何の鳥ぞや

野路を馳せ犬と遊ぶを楽しみに日曜ごとに吾子《あこ》滋来る
犬とともに走れる吾子のうしろ影薄に消えぬ泣かまほしけれ
この次ぎの日曜にまた来《こ》むと云ひ滋かへれば夕さびしも
相模なる鶴間の里の夏ごもり朝餉夕餉《あさげゆふげ》に吾子しおもほゆ

その八

思ふことやうやく激し相模野の庵に半跏《はんか》を組みてあれども
いきどほりやや和まむと野の蚋子《ぶと》に血を食《は》ませつつものをこそ思へ
いきどほりやる方もなく狂ほしく蛾をこそ殺せともし火のもと
冷やかに笑みたる後におそひ来るこの寂しさをいかにせましな
いきどほる心おさへて相模野にわれの寂しき阿蘭若《あらんにゃ》を置く
相模野の薄のみちをい往きつつひとりあはれむ蚋子のいのちを

巻二　おなじく相模野の庵にありて詠みける歌

その一

炉にちかきうつらうつらのもの思ひ検校《けんげう》のごと目をば閉ぢぬれ

落魄といふにはあらね人の世を寂しむままに落葉松《からまつ》を植う
相模野の薄も枯れぬ阿夫利風《あぶりかぜ》土にこそ吹け霜にこそ吹け
あなかしこ鶴間が原の朝さむみ宇佐伎《うさぎ》の命糞《みことくそ》まりたまふ
すさまじき阿夫利颪を聴きながらいきどほり酒炉の端《はた》に酌む
憤りここだくあれどひややかに黙《もだ》してあらむ蟾蜍《たにぐく》のごと
酒みづき相模の野辺に野ざらしとなるべき身なり酔はしめたまへ

その二

ただひとり思ひ惑へばみづからの心の刺《とげ》にわれと刺さるる
ますらをは涙な見せそ己れをばかくさとせども しとど泣かるる
世を棄つる時来ぬあはれ明日よりは貧道《ひんだ》とこそはみづからを呼べ
かくやせむとやせむ思ひ煩へば胸こそ痛めますらをわれも
末の世の末の末なるさまを見て憤り酒酌まざらめやも
われ死なむ否々《いないな》吾子のため生きむかく惑ひつつ今日も日暮るる
玉鉾の道ゆき夕占問《ゆふげと》ふほどにますらをわれも思ひわづらふ

小夜ふけて落葉の音を聴くときはわがかなしみの散るかとぞ思ふ
夜ふかく半跏《はんか》を組みてもの思《も》へばいのち消《け》ぬがに涙あふれ来《く》
一椀の粥を啜るもなほ生きむさはあれ難《かた》し生くちふことは
もの云はば涙や落ちむ黙し居らばこころ狂はむいかにかはせむ
世を狭みいぶせく籠るわがために羅漢の講《かう》をなさしめたまへ
昨日かも吾子やは云へるちちのみの父の鬢の毛とみに白しと
ながらへば耻こそつもれかげろふの虫の命の羨《とも》しきろかも
斑《はだ》らはだら鶴間が原に残りたる雪にかも似るかなしみかこれ

その三

生けりともなき身のわれや己《し》が家も鼯鼠《むささび》の巣と思《も》ひつつぞ居る
歌屑もまじれるごときここちして寂しく庭の塵塚を焼く
われからの落魄なればおもしろし乏しき酒銭《しゆせん》いかにして得む
いまさらにひとり生くるを悔ゆるほどさばかり弱きわれと思ふや

巻三　さるところに仮住居しける頃詠みける歌

その一

ただひとり机のまへに坐ることひと月にして冬去りにけり
このままに石となるべきここちしぬ膝を抱きてものを思へば
こころやや荒しと思ふ夜はひとり自らの偈《げ》を唱へぬるかな
世のひとは嘲《あざ》みて耳をふたぐべしわれの心は酒にかたらむ
歌つくることを幸《さち》としみづからの寒《かん》生涯は歎かずもがな
ものなべて忘るる術《すべ》はなきものかかく思ひつつ日経ぬ月経ぬ
人の世はなべて斯《か》かりと思ひつつみづからさとす苦しと思ふな

その二

大穴牟遅神《おあなむちかみ》が袋を負ひたまふごとくにわれは恥負ひてゆく
さびしきは夜半の酒《さか》ごとわれとわが寒き影にも杯はさせ
小夜ふけて眠られぬままにひとり読む愚庵の歌はたふとかるかな
ねむられぬ夜のこころの冴え冴えとあかとき近く猿蓑《さるみの》を読む

ねむり薬つれなく舌に触るるなりいや寂しめと云はぬばかりに

巻四　さすらひの旅路にありて詠みける歌

その一

昭和五年八月、わが世の煩ひを忘れむとして、浪速津より遠く四国路にかけての旅に出でぬ。さすらひの身の夜ごとの夢の愴然たりしこといまに忘れず。

何ごとも忘れはてむとあはれなる四十路男《よそぢをとこ》はまたも旅ゆく

その男ゆくへ知れずとになりにきと明日の噂にのぼらむもよし

身は雲に心は水にまかすべう旅ゆくわれをとがめたまふな

消息は一行《いちぎやう》にしてこと足らむ思ひは文字に書きがたきかな

富田屋におせんのゐたる昔より尻長酒《しりながざけ》はせんすべもなき

肱曲げてひとり寝《ぬ》る夜も重なりぬ今世之介のあはれなるかな

樊噲と呼びしむかしの友に会ひ旅おもしろくなりにけるかな

さすらひぬむかし明石《あかし》の入道《にふだう》の娘を恋ひし人のごとくに

従兄弟等《いとこら》とあそぶ滋《しげる》のあはれさを秋の旅寝の夢に見るかな

その二

昭和六年五月、われはじめて土佐の国に遊びぬ。海は荒かりしかども空あかるく、風光の美そぞろにわれの心を惹くものありき。かへりてのち興のおもむくままに「土佐百首」をつくりしが、ここにはその半ばを撰びつ。

大土佐の海を見むとてうつらうつら桂の浜にわれは来にけり

海を見てふと思ひ出ぬ亡き父はいさな船ひとつ持ちておはしき

土佐の海とどろとどろと鳴る夜半に酌みたる酒をえこそ忘れね

大土佐の室戸の沖に立つといふその龍巻《たつまき》の潮《しほ》ばしらかも

たたなはる岩の間《はざま》をゆくほどに灌頂《かんちやう》が浜に出でにけるかも

はるばると遠《とほ》ゐる人を思《も》へばこそしみじみ匂へ室戸たちばな

思ふこと遠く遥けくなりにけり室戸の浜をとゆきかくゆき

空海が大きみ足のあとも見る室戸岬のたちばなの道

人間のまことの姿もとめつつ土佐のひと夜を元親記《もとちかき》読む

薩摩潟より吹ききたる風ならめ叔父の柑子の山の香ぞする

その三

昭和八年二月、越後路を経て北陸に遊ぶ。きさらぎ半ばの頃なれば、残雪は斑らに凍り、四五子と行をともにしたれども、猶寂寥に堪へざるものありき。

きさらぎの夜天《やてん》に旅を思《も》ふこころ老子荘子にしたしむこころ
旅ごろも土に兎の糞《ふん》凍る相模野野みち踏みて往かばや
旅ゆかば空しくならむわが庵《いほ》を阿夫利天狗よ守らせたまへ
かにかくに越後の友はおもしろし待ちねと云ひて蟹下げて来ぬ
長岡の浩然法師《かうねんほふし》わがために酒托鉢《さけたくはつ》をしたまひしかな
われをかし紙魚《しみ》のたぐひにあらなくに丹後風土記のなかをさまよふ
わびしくも胸にこそ積め丹後なる与謝大山《よさたいせん》の雪に似しもの
丹後路の旅に読まむと思はめやあはれ吾妹子先生の歌
丹後なる桑飼村《くわかひむら》はかしこしや与謝野の大人《うし》の生《あ》れましし里
たまきはる命も消なむひそかなる思ひ湧きたり樗嶺《あふちね》の雪
縮緬の祭見に来《こ》と書きおこす丹後だよりも待たれぬるかな

その四

昭和八年四月、われふたたび北陸に遊ぶ。多く蘆原の湯の里にありて、うつうつたる日を送るうちに、ひと日機縁ありて、曹洞第一の道場吉祥山永平寺に詣でぬ。

いまもなほ吉祥山の奥ふかく道元禅師生きておはせる
おん授戒《じゆかい》明日よりといふ山浄めわれはも塵のひとつなるべし
縁《えにし》ありて曹洞一の道場の羅漢の講に会はむ日もがも
ここに来て歌を思へばいつとなく禅のこころとなりにけるかも
山に来て知るひとに会ふうれしさよ大人《うし》と吾《あ》を呼ぶ法師《ほふし》廉芳《れんぱう》
廊さむし消残《けのこ》りの雪まだらなる東司《とうす》の裏の苔ふかき庭
廊の板つめたく踏みて大衆《たいしゆう》の通りしあとの松風のおと
おん斎《とき》とともに賜《た》びたるおん珠数のつぶらつぶらにものを思はむ

その五

昭和八年六月、小杉放庵氏等とともに、越後路より佐渡ケ島に遊びたる後、われひとり、さらに信越二国のあひだにさすらふこと二月あまり、流離のおもひに骨も痩せける。

旅に出づ涙を酒にまぎらしてあるもよけむと思ふまにまに
往《い》ぬべきは往ねしかすがにいささかの愁ひを持ちて旅に出でける
いにしへも西行といふ法師ゐてわが世はかなみ旅に出でにき
鳥が鳴くあづまの友しこと問はば新潟古町《にがたふるまち》練るとつたへよ
もの思はず杯取りて膝組みて太腹撫でてありぬべきかな
痢を病んで矢筈草をばさがすなり越の水無月雨に乏しく
酒荒く心すさみぬいかにせむ救はせたまへ伊夜日子《いやひこ》の神
日蓮の消息の字に似るものか檀特山《だんとくせん》にかかる横雲
みづとりの加茂のみづうみ風寒くますらをわれも酒欲りにけり
加茂の湖はやがて暮るれど山のうへの阿羅々仙《あららせん》めく雲はうごかず
見はるかす佐渡の荒海日の落つる方鞅韈《かたまつかつ》の空をこそおもへ
おもしろし佐渡のはづれの海《わだ》なかの牛わたり岩を牛のわたれる
さびしやと思ふわが目に残りゐぬ船を見送る佐渡の鵜の鳥
佐渡はよし日蓮の世のごとくにも檀那《だんな》おはせる河原田《かはらだ》の里

瑠璃堂の薬師如来の眉に見ぬうつし身ならぬもののあはれを

蓮華峯寺《れんげぶじ》丹碧《たんぺき》のいろいや古く離々《りり》たる草のいとほしきかな

放庵は金北山《きんほくざん》へのぼるなりわれこそは取れ大きさかづき

わが友が金北山の初山に採りし石楠花ゆるがせにすな

大佐渡の高千《たかち》のみちにゆきあへど法華道者はもの云はずけり

佐渡に来てふとおもへらく蓑笠の長塚節来《こ》し何時《いつ》ごろ

鞦韆の風をさかなに酒酌めば千畳敷も広からぬかな

放庵が巌をうつすしばらくを宿根木《しゆくねぎ》の澗《ま》に船がかりする

箭島なる竹の葉音のさらさらにふたたび妹を見むとおもはず

雄ごころもなさけにあへば撓むべし佐渡の真竹のなよ竹のごと

その六

昭和八年八月、われは信濃の山を下り、木曾路を過ぎて京阪に出で、さらに遠く海を越えて四国にわたりぬ。伊予を経て土佐に入り、韮生の山峡猪野々の里に淹留することおよそ三月、都にかへりしは秋既に深き、十月半ばのことなりき。

旅のうれひいよいよ深くなるままに土佐の韮生《にらふ》の山峡《やまかひ》に来ぬ

いつはりの世に出でむより大土佐の韮生の峡にこもるまされり

ふたたびは世に出でじなど思ひつつ韮生の峡にひとりこもらふ

物部川《ものべがは》山のはざまの風さむみ精霊蜻蛉《しやうりやうとんぼ》飛びて日暮るる

山ふかき猪野々《ゐのの》の里の星まつり芋の広葉に飯《いひ》たてまつる

はたた神いきどほろしく鳴り出でぬいまこそ酌まめ酒麻呂《さけまろ》の酒

いきどほろしき心を持ちて酒麻呂のつくれる酒は酌むべかりけり

いついかにいづこに死なむいのちぞと思《も》へば猪野々の旅寝かなしも

雅澄《まさずみ》はまことますらをたはれをの名に立つわれやひとり耻づらく

谷ふかき苔のかけはし踏みわけて寒山《かんざん》や来る拾得《じつとく》や来る

わが思ひなほほのかにも残りゐぬ室戸足摺岬みさきに

その七

昭和九年三月、旅ごころ止みがたきままに、信濃路より名古屋に出で、さらに但馬の国城の崎に至る。近くに応挙寺となんよべる寺ありければ、心ひかるるままに往きて詣でつ。

夜をこめて酒をこそ酌め城の崎の方壺《はうこ》の家の尻ながの客

応挙寺の石のきだはしのぼりつつ消残《けのこ》る雪をしみじみと見つ

古びたる絵の孔雀見るときは墨にもいのちありとこそ思へ

ころころと遊べ狗《いぬ》ころころころと呉春《ごしゆん》の絵よりぬけ出でて来よ

その八

昭和九年四月、われふたたび土佐に入りぬ。山険しく海荒しといへども、この地の人ごころの直ぐなることは、げにうるはしき埴安の郷のここちこそすれ。片雲の風にさそはるる身も、いでやここにささやかなる廬を結ばめと思ひ定めぬ。

四国路へわたるといへばいち早く遍路ごころとなりにけるかも

空海《くうかい》をたのみまゐらす心もてはるばる土佐の国へ来にけり

大土佐の韮生山峡いや深くわれの庵は置くべかりけり

巻五　土佐の国猪野々の里にて詠みける歌

その一

猪野々なる山の旅籠《はたご》の夕がれひ酒のさかなに虎杖《いたどり》を煮る
うちひさす都びとよりよしとして深山百足《みやまむかで》に親しみにけり
かなしきは人のゆくすゑこの夏も奈翁《なおう》の伝を読みて泣かまし
物部川の針金渡舟《わたし》うちわたり安岡巡査きたりけるかも
旅役者養蚕教師泊りゐて猪野沢の湯の宿はおもしろ
すべてわがあやまちとしてあらましと思ひて籠る土佐の深山に
寂しさに堪ふることにもいつか馴れひとり山居をたのしむわれは
母刀自《とじ》の老をおもへば涙落つ消息もせで旅に過ごせど
酔ひ臥《こ》やる土佐樊噲《はんくわい》の太腹もこのごろとみに細りけるかも
母刀自の老のおもかげ夜目に見ゆ酒な飲みそと云ひたまふごと
あへぎあへぎ韮生山路をのぼるなりこの頃しるき衰へあはれ
名は知らね大山祇もたうべます霊薬として山草《やまくさ》を食《は》む
山のもの食めば身ぬちも澄むおもひ本草綱目《ほんざうかうもく》読まむとぞ思ふ
石に坐し雲をながめてあるほどに羅漢ごころとなりにけらしも

かくばかり弱きこころを癒すべき薬草なきか土佐の深山に
やがてここにわれや死ぬると思ふとき猪野々の里も野ざらしの里

その二

しんしんと山峡の夜は更けたれど心いたみて眠られなくに
山風よ韮生の峡にわれありていきどほり酒酌むと告げ来ね
われとわが身をいとほしみ云へらくは酒は飲むとも酔泣なせそ
あしびきの山こもり居のわがためにうま酒もて来《こ》伊野部酒麻呂
夜ごとに酒麻呂の酒酌みながら百足《むかで》の宿に安居《あんご》すわれは
あらはには笑《ゑら》ぎたはむれ酒酌めどわれ酔ふごとに下ごころ泣く
酔ひ臥して仰寝《あふね》をすればいつとなく涙あふれてきたりけるかも
にごり酒破竹《はちく》虎杖《いたどり》乾《ほし》ざかなありてたのしも山の夕餉も
ちちのみの父のなげきに堪へ居れば額《ひたひ》の皺も深くなりにき
ため息を洩らして筆を抛《なげう》ちぬこのかなしみは書くすべもなし

その三

半跏してものを思へばいつとなく吾《あ》も居士顔《こじがほ》となりにけらずや
友のごとなつかしきかももの思ふ夜半の壁にうつる己《し》が影
ほのぼのと死をなつかしむ思ひ湧き山の深夜のしづかなるかも
われ山の行者ならねど夜ごとに懺悔懺悔と申しけるかな
ほのぼのと涅槃を恋ふるこころもてねむり薬に親しみにけり
いまごろは吾子《あこ》はやすけく眠るらむ遠ゐる父はいまだ寝なくに
起き出でて深夜の窓をひらきけり胸苦しさの堪へられなくに
夏ながらねむり薬がしらじらとこぼれて寒し夜半の机は
去年今年《こぞことし》友や幾たり死ににけむ夜はかかることのみを思へる
あしびきの石槌山の山精進《やまさうじ》いまだせなくに夏去りにけり

『天　彦』

韮生の山峡

昭和九年十一月、土佐の国韮生の山峡猪野々の里に、ひとつの草盧を作りて渓鬼荘と名づけぬ。阿蘭若ならぬこの庵に、何を思ふとてか籠りゐにけむ。

寂しければ

寂しければ人にはあらぬ雲にさへしたしむ心しばし湧きたり
寂しければ火桶をかこみ目を閉ぢて盲法師《めしひほふし》のごともあり夜を
寂しければ或る夜はひとり思へらくむしろ母なる土にかへらむ
寂しければせめて昔のおもひでの華奢風流《くわさふうりう》の夢をしぞ思ふ
寂しければ眠り薬も嚥みにけりしばしの安寝《やすい》欲るがまにまに
寂しければ炉にあかあかと火を燃やしほのぼのとしてもの思ひ居り
寂しければ鳥獣虫魚みな寄り来《こ》かのありがたき涅槃図のごと
寂しければ別府《べふ》の壮士《わくご》の持てきたる山のわさびもしみじみと嗅ぐ

寂しければ御在所山の山隈に消《け》残《のこ》る雪もなつかしと見つ
寂しければ死にたる友の誰彼のことを思ひて目裏《まうら》熱しも
寂しければ酒をこそ酌めまたしても苦きを啜り酔泣をせむ
寂しければ夜も眠らで明かすなり夢を見てだに命消《け》ぬべし
寂しければことさらゑらぎ笑へどもわが下《した》ごころ人し知らずも
寂しければ自棄《じき》のすがたに振舞へどやがて耻づらくおのが弱きを
寂しければ山にあれども土佐の海のゆたのたゆたに心通はす
寂しければ山酒酌めどなぐさまずただしらじらと酔ひつつぞ居《を》る
寂しければ夜半に目覚めのもの思ひあなや腸《はらわた》断たるるごとし
寂しければ萎ゆるこころも然《しか》すがにことに嗔《いか》れば猛りやまずも
寂しければ友のごとくに釜を愛づ秀真《ほづま》が鋳りし釜にあらねど
寂しければ頭《かしら》をむざと剃りこぼち土佐入道と告《の》るもよからむ
寂しければ寂しきままに生きてゐむひとり飯食《いひを》しひとりもの書き
寂しければまだ夜明けぬに戸を繰りぬ猪野々の里の深霜のいろ

寂しければ夜のこころもとがり来て不眠《ふみん》の病ひまたも起りぬ
寂しければ霜に寂びたる庭さきに青き石据う赤き石据う
寂しければ或る日は酔ひて道の辺の石の地蔵に酒たてまつる
寂しければ御在所山の山桜咲く日もいとど待たれぬるかな
寂しければ笈摺《おひずり》負ひて出で立たむ四国めぐりの旅をこそおもへ
寂しければ空海《くうかい》をこそただ頼め人の情をいまはたのまず
寂しければ昨日をおもひ今日をおもひ明日を思ひぬうつらうつらに
寂しければ薩摩へ往きし初旅のことなどおもふ炉の端にして
寂しければ酔ひて手を拍ち唄うたふ今戸《いまど》益喜《ますき》の顔もおもしろ
寂しければ酒麻呂いかに新醸《にひしぼ》り香《か》やいかになど思はるるかな
寂しければ垣に馬酔木《あしび》を植ゑにけり棄て酒あらばここに灌《そそ》がむ

続寂しければ

寂しければ自在の竹の煤竹に懸けし茶釜も鳴りか出づらめ
寂しければ由旬《ゆじゆん》の空のあなたなる人の洩らせるため息も聴く

寂しければ雉子撃つ銃《つゝ》の遠音さへ冴え冴えとして胸にひびくも
寂しければ深山《みやま》の石を庭に据ゑ腰うちおろす阿羅漢のごと
寂しければ約百記《よぶき》も読みぬたはやすく救はるるとは思ほえなくに
寂しければ叛きしものを打たむより己《し》をし打つべく笞《むち》をこそ取れ
寂しければ催馬楽《さいばら》めきしざれ歌も酔のまぎれにうたひさふらふ
寂しければ冬なほ生きてある虫の命かなしと思はざらめや
寂しければ世のあざけりを身ひとつに負ひてわれあり悔ゆといはなく
寂しければ古りし自在を炉のうへに吊《つ》るして思ふかへらぬことを
寂しければ山どびろくをあふるべう生椎茸を炉火の上《へ》に焼く
寂しければこころも枯るるおもひして鬢こそ白め夜毎夜ごとに
寂しければぬばたまの夜の闇ふかく吼噦《こんくわい》の鳴くこゑの聴こゆる
寂しければ夕かたまけて聴くほどに心にひびく山鷸《やましぎ》のこゑ
寂しければ在りし日のこと思ひ出でて芝香《しかう》の詩にも親しみにけり
寂しければ浪華蘇小《なにはそせう》の消息《せうそく》も来《こ》ずやとおもふ待つにあらなくに

寂しければ目閉ぢ口閉ぢ涙頬につたふにまかせ仰寝《あふね》するかも
寂しければ土佐の風土記《ふどき》を読みつつも叶岬《かなふみさき》の岩をしぞおもふ
寂しければ鱒の卵の孵化《かへ》るにもほのぼのとして心ときめく
寂しければ夜のつれづれに取う出たる味噌煎餅のしめりわびしも
寂しければ昨夜《よべ》のなごりの酒おくび吐きつつぞ飲む石楠《せきなん》の茶を
寂しければ遠居《とほゐ》る人のなさけのみひた思はれて眠りかねつも
寂しければ炉に酒を煮て今日もあり韮生山峡冬深みつつ
寂しければ御在所山の山みちを滑る木馬《きうま》にわれも乗らしめ
寂しければ霜降る声もなつかしくそぞろにすなり夜戸出朝戸出
寂しければふとしも思ふうちひさす都大路を練りし日のさま
寂しければ大山祇にもの申すこよひはせめて雨な降らしそ
寂しければこころ痛みぬ胸ぬちに蝎のたぐひ住むにあらねど
寂しければ人をしのばむよすがにと竹花籠に寒菊を挿す
寂しければ千里あなたの人をさへ咫尺《しせき》に置きてもの思ひする

寂しければこころ弱くもなりにけむ空見てあるに涙落ちたり
寂しければいきどほろしく石楠《しやくなげ》の杖をふるひて山風を斬る
寂しければ時ならねども霹靂神《はたたがみ》とどろとどろと鳴れよとぞおもふ
寂しければうつそみもなほ飛ぶごとし御在所山の雲ならなくに
寂しければはやくも丑《うし》に起くるなり夜半の炉酒のなつかしきまま
寂しければ夜の障子を吹く風も衣摺《きぬずれ》のごと思はるるかな
寂しければ乾漆仏《かんしつぶつ》のにほひすと部屋ぬちを見る心落《お》ち居《ゐ》ず

冬夜独座

火の消えし炉をまへにしてもの思《も》へばこころや燻る涙にじみ来《く》
夜ふかく石楠花の葉を煎ずれば己《し》が命さへかそけかりけり
炉に火なし冷たき灰をながめつつおもふおのれが寒きいのちを
人の世のなかばを過ぎて痴愚われややうやくに知る悔ちふことを
目蓋裏《まぶたうら》にはかに熱し炉のほとり遠ゐる人のなさけ思へば
うつらうつら遠ゐる人をおもふなり炉の火の消えしことも忘れて

衣摺の音さやさやとするごとし炉端まろ寝の耳のうつつに
春の来てやがて塞がむ炉のほとり遠ゐる人を見むよしもがも
炉のうへの炬燵櫓に板置きしわが文机《ふづくゑ》のあはれなるかな
生き残りゐし蟷螂《たうらう》のおとろへをこの夜炉の辺に見るがあはれさ

渓鬼抄

三月あまりの旅より帰りて

百日《ももか》余《ま》り見ざりし庵の庭石に韮生山苔つき初めにけり
吾《あ》を待ちていしくも在りぬ火のあらぬ炉と冷え果てて鳴らぬ茶釜と
人住まず夏を過せばわが庵は蜈蚣《むかで》も出でずなりにけるかも
古行李《こり》より取う出《とうで》袋下げ旅往きしより幾日《いくひ》経にけむ
大土佐の御在所山の朝雲はもそろもそろとゆきて親しき
ひと夜寝てあした目覚めのすがしさや物部の渓を雲湧きのぼる
山焼の灰もなつかし筑紫なる大阿蘇山の霾《よな》ならなくに
拾ひ来し阿蘇の山石まへに置きてふとおもへらくわが舎利に似る

古袷旅のころもは萎へぬれどわれのこころはいまだ萎へずも

目に見えぬ寂しきにほひ立てにけり旅のころもの筑紫路の塵

わが庵の厠《かはや》のまへの竹いたく茂りぬ夜半に鳴るはこの竹

竹を伐る音かうかうとひびくとき韮生山峡冬や立つらし

わが留守に益喜の植ゑし石楠花も秋近うして根づきけらしも

茄子を焼き山酒酌みてほのぼのと遠びと思《も》へば夕餉たのしも

ひさかたの月の夜なれば酒酌まむ益喜も酔ひねわれも酔はまし

月夜よしこよひの酒のさかなには生椎茸を焼くべかりけり

人もあはれ吾もあはれと思へどもうつそみなればせんなきものを

これをしも艶生涯《えんしやうがい》と云ふべくばあまり寂しきわが世なるかも

無頼の名たはれをの名もあながまと聴き棄てて来《こ》しわれにやはあらぬ

目を閉ぢて半跏を組みて或る夜半はほのぼのとして涅槃おもふも

山ごもり濁り酒酌みあるもよしむかしの夢を見てあるもよし

あけがたに起きてもの書くならはしも寂しとぞ思ふ風音聴けば

筆はたと動かずなりぬ夜はまして思ふに堪へず遠ゐる吾子《あこ》を
獅子もなほ羅漢の膝に眠るなりしばしの眠りわれにあらしめ

都塵抄

昭和十年三月、ひさびさにて都へ帰りたれど、厭離の情は日を経るに従つて深く、捨身無常の思切なるままに、ふたたび流離の旅に出でぬ。都塵の中に在ること僅かに数月。

淡泊無酒

おほかたの酒のここだく飲みつくし土佐《とさ》樊噲《はんくわい》はおほらかに寝る
酒飲まずあれどもものに酔ふごとしわが世の旅の愁ひにか酔ふ
またしても奈翁《なをう》の伝にしたしみぬ末路かなしきゆゑにかあるべし
いまもなほ酔ひ痴れ癖の残りゐてとすればわれや肱曲げて寝《ぬ》る
あばれ酒憤り酒幾とせかつづきしのちの寂しさかこれ
酔ひ痴れしとろとろの目に須弥山《しゆみせん》を見しも昨日となりにけるはや
酒飲までうつし世のさま思ふとき冷たき笑を頬にぞおぼゆる

しづかなる秋のゆふべを拓本《たくほん》の薬師の銘にしたしみにけり

冬夜の茗

この冬はいづこに籠るわが身ぞと思ひつつ読む芭蕉の文を
生くるてふことのゆゆしさ思ふとき冬夜《とうや》の茗《めい》も苦からぬかな
ひさかたの空より雨の降るごとく涙は落つるものならなくに
衣摺の音もひそかにしみじみと冬菊活けて人去りにけり
ひとり身の己《し》が掌《たなごこ》をわれと見て諸相《しよさう》うらなふ春を待ちつつ
冬菊を活けて去にたる人の香のほのぼのとしていとしきかなや
大土佐の韮生の峡のわが庵の炉も吾《あ》を待ちてありと云ふかや
うつそみを厳《きび》しき冬のなかに置く阿修羅《あしゆら》のおもひ消さむよすがに
冬の夜も薬餌《やくじ》かしこみひたすらに現身《うつそみ》をこそいとしみにけれ
目蓋裏《まぶたうら》やうやく熱くなるここちするを寂しみ小夜床《さよどこ》に入る
つくづくと見てあるほどにほのぼのとおもかげぞ立つ冬菊の花

葛飾童謡

市川の仮寓にてこころ寂しく

葛飾の野は朝ごとに霜降れど菊もて来《く》てふ妹《いも》の訪ひ来《こ》ぬ
真間の里手古奈の社をろがみてわれや待てるを妹の訪ひ来ぬ
こまごまと文には書きておこせども人言繁《ひとごとしげ》み妹の訪ひ来ぬ
人言を繁みこちたみわれひとり籠るになどて妹の訪ひ来ぬ
ことさらにわれを非《なみ》するしりう言《ごと》にも耐へ居れど妹の訪ひ来ぬ
庭隅に生ふる木賊《とくさ》に微かなる夕風吹けど妹の訪ひ来ぬ
元義《もとよし》の吾妹子歌《わぎもこうた》を読みながらひと日暮らせど妹の訪ひ来ぬ
わびずみの仮の宿りとおもへばか落ち居ぬものを妹の訪ひ来ぬ
この家に炉なきをかこち夜をさむく半跏を組めど妹の訪ひ来ぬ
纏綿《てんめん》のこころとこれを云ふならむ思ひなやめど妹の訪ひ来ぬ
夜ふかく寝酒を酌むと酒煮れど寂しきかもよ妹の訪ひ来ぬ
秋の蚊のうなりけうとと思ひつつ蚊遣をすれど妹の訪ひ来ぬ
夕風は遠き電車の空《から》ひびき送りおこすに妹の訪ひ来ぬ

たづね来し老いし牽頭《たいこ》の愚痴《ぐち》がたり聴きさびしめど妹の訪ひ来ぬ
門《かど》のあたり人けはひすと思ひしも空耳《そらみみ》なれや妹の訪ひ来ぬ

伯方島雑詠

昭和十二年の夏、およそ二月ほどの間を、瀬戸内海の中ほどにある伯方島の一海村、有津といへるところにて過せしことあり。夢を破るは枕にひびく、遠潮騒の音のみならむや。

島の夏安居

人麿がむかしい往きし海を往きうまし伯方《はかた》の島山を見む
碧梧桐《へきごどう》大さかづきをかたはらに文字書きしてふ島はいづこぞ
冴え冴えと石切る音のひびき来る島ちかく来て朝ごころ澄む
朝びらき讃岐路さしてい往くてふ金比羅丸の初船出かも
酒にがくなりてさびしやただひとり島辺の宿に蛸の飯食《いひを》す
旅ごころうた寂しく見てありぬ伊予路がよひの船の煙を
昨日かも有津《あらうづ》の海を絵に描きし樋口一郎兵《へい》に召されぬ
潮路越え夕かたまけて船着けど吾妹子よりの消息もなし

ことづてむたよりしなくば文《ふ》づかひに観音堂の鳩をおこしね

夕日うすき海辺の道をただひとり母漏子《ぼろんじ》往きて暮れにけるかも

おろかなる男のことを書くほどに胸を打つものありて泣かれ来《く》

にぎやかに鞆の祇園にまゐる船出でて島辺のゆふべさびしも

大夕立《おほゆだち》いまか来るらし向う島鵜島のあたり波立てる見ゆ

いかづちの鳴るは吉備路かいなづまの閃き遠し夜空暗きに

遠天《をんてん》にかすかに雷《らい》の鳴るゆふべおそらくはわれはひとり死ぬらし

島蔭の闇にほのかに灯かげ見ゆ越智先生《をちせんせい》や夜振《よぶり》すらしも

暗き夜の突堤《とつてい》ちかき船がかり風に揺るるは何丸《なにまる》の灯ぞ

夜のこころ

あはれここも伊予路のうちか夜もすがら耳にひびくは潮《しほ》の音《おと》のみ

夜の二時を打つ音聴きて灯を消せど眠りがたかり闇重うして

丑《うし》の刻《こく》近しとおもひ本を閉づ死といふ字ふと目に触れしゆゑ

かくやせんとやせん思ひ煩へば夜の心の安からぬかな

汗しとど憤ろしき夢覚めぬ時計を見ればあけがたの四時

夜半に目覚め起きて戸を繰り風入れぬ夢けうとしと思ふものから

夜となれば胸ぬち痛しいかにせむ眠り薬も尽きて久しき

モラヱスの徳島日記《とくしまにっき》を読みて待つねむられぬ夜の早く明くるを

島住みにいまだなじまず夜半に覚めて床《とこ》ぬちに読む愚庵の歌を

死ぬといふことを思ふは堪へがたしもの書くを止《や》め夜空仰ぐも

海南閑吟

昭和十二年十月、土佐の国高知の町はづれ鏡川の河畔に古びたる家を借りて住みぬ。この海南の僑居には、在ること僅かに一年なりしが、形影相憐の情忘れがたし。

籠居日々

夜半に目覚め思ひを凝らすことのあり我破《がば》と起き出で紙にい向ふ

夜はふかし古りし障子の桟《さん》にゐて足長蜘蛛はながく動かず

ひたぶるに世にあらがひし心さへいつしか失せてわび居すわれは

あかつきははや近からし空車《むなぐるま》通ふひびきす向つ山根《やまね》を

うつうつと籠りて居ればたそがれの遠人声《とほひとごゑ》もなつかしきかも

秋深く

塀越しに桑畑見え秋ふかく蚊ばしらの立つわび居さびしも

あぐら居てもの思ふわれを刺しに来る霜月の蚊をにくみあへずも

夜はふかし風もあらぬにおのづから柿の落つる音を聴きてもの思《も》ふ

破障子《やれさうじ》朽縁《くちえん》に吹く風さむみやうやくにして蠅のすくなし

世に出でじひとりを守《も》らむわが家に人来ずならば蠅とあそばむ

身辺の冬

うつそみの微かに熱のあるゆふべ冬のうす日はわれを泣かしむ

そこはかとなき思ひもてながめゐぬ障子にさせる冬のうす日を

今日までをよくぞ生き来し身とおもひ火桶にむかひ眼《まなこ》閉づるも

冬空を見つつ冷たき酒酌むをせめて怒りのやりばとぞする

風出でて落葉しきりに降る音す酔へどもさびし肱曲げて寝む

柑子の実すでに黄ばみてうす日さす冬至《とうじ》の午後の庭のひそけさ

岸の辺の石の地蔵に霜降りて物部磧《ものべがはら》も冬寂びにけむ
うらぶれて土佐三界に日を経《ふ》れば酢橘《すだち》の香にも涙さそはる
下《した》ごころ寂しきものを腹かかへゑらぎ笑へり酒みづきつつ
足るを知るといふ二文字《ふたもじ》を額《がく》にしてわび居やすけし寂しけれども
覚め眠り読み書き時に酒に酔ひやがては土佐の土となるべき
来しかたの悔しきことのかずかずを思ひて居れば心たぎち来
人の世の半《なかば》を過ぎてやうやくにおのれの痴愚に思ひあたれる
仏手柑《ぶしゆかん》の汁を魚のうへにかけうそ寒く食《を》す夕がれひかな
雲見れば羅漢の形してゐたり空おもしろしあかず眺めむ
しづかなる心をもちてわびずみの師走の紙襖《ふすま》とつくらふ
つくろはむとて取《と》う出《で》たる文反古を読みゐるほどに続飯《そくい》乾《から》びぬ
みづからの痴愚をあはれむ文字書きて年送ること幾年《いくとせ》ぞそも
なほ胸にすこし悔しき思ひありて昨夜《よべ》の残りの酒を煮むとす

残冬抄

しめやかに生きむと思《も》へば鉄瓶のたぎちの音もにくからなくに
落葉掃く箒の音を聴きながらもの思ひ居れば心しづけし
わびずみの夜ごとの酒をたのしみてよしなきことは歎かずもあれ
もの書かむこころ起りて墨磨りぬわび居さびしき酔のまぎれに
春来ぬと人は云へれど風さむくわが家の屋根は朝ごとに霜
柑子の実熟れて音なく落つるなりいくさに死にし人思ふゆふべ
送り来し山の荷解けば手紡《てつむ》ぎの衣《きぬ》にも杉のにほひこもれる

猪野々行

崖際の石に腰かけ雲見れば山恋ひごころすこし和《な》ごむも
しみじみと炉酒を恋ふるこころもて韮生山路をたどり来にけり
たたかひに死にたるひとの墓のまへゆきずりわれも酒たてまつる
山に来てその山かげに一心に鱒をやしなふ人をうらやむ
人住まずなりて久しきわが庵は鼯鼠《むささび》の巣となりにけらしも
ひさびさに雨戸開くれば火の気なき炉の灰さむし霜を見るごと

しばらくは半跏腕組み目閉ぢゐぬ炉酒のにほひいまもただよふ
夕凪は山の鍛冶屋の鏨《たがね》打つなつかしき音《おと》を遠くつたへ来《く》
炉酒酌む人もなければ煤竹の自在の竹もさびしげに見ゆ

春より夏へ

このごろはこころ昂ぶることもなし安けきかなや土佐のわび居は
読むほどに心にひびくもののあり癩者《らいしや》の歌はたたふべきかな
酒あまり飲むなと吾子《あこ》の文《ふみ》にありこの杯をいかにかはせむ
杯をしづかに伏せぬ思ふこと胸の奥処《おくど》に触れて来ぬれば
わびずみも斯くて楽しとおもひゐぬ昼はもの書き夜は安く寝《ね》
うつし身はいづれは土に還るぞと教へたまひしこの文あはれ
いつとなくはかなきことを書きゐたり法然《はふねん》の文読みしものから
われ敢て人を厭ふにあらねども世のしりうごと聴くが切なさ

閑庭点描

あれ庭に蜥蜴《とかげ》はしるを見てありぬ怒りに似たるおもひ持ちつつ

夕庭をむざとよこぎるいまはしき蜥蜴を撃たむ崩《く》え石もがな
あれ庭のあからさまなる日のもとに蜥蜴交尾《つる》みてゐたりけるかも
あれ庭に蜥蜴のあそぶ午さがりわがひた思ふことの苦しさ
すさまじき夏の日射《ひざし》となりにけり走る蜥蜴の青き背のいろ
石榴《せきりう》の実は音もなく落ちにけり土佐のわび居のたそがれの庭
うつらうつらもの思ふほどに石榴の実の落つるだに知らでわが居き
かりそめの妹《いも》が鋏の音にさへ庭の蜻蛉《あきつ》は飛び立つらむか
あはれとも見てかありなむ地に落ちし石榴《せきりう》の実に蜥蜴戯《たは》るを
黒き猫跫音《あおと》も立てずよぎりたり夕日あかあかと荒れ庭あはれ

あぐら酒

あれ庭に蜥蜴あそぶをながめつつ焼酎《せうちう》酌みて端居すわれは
われもまたおぞのみやびを妹《いも》の云ふかごとも聴かで酒をこそ酌め
何ごともあきらめ果ててすがすがし土佐焼酎の舌ざはりかも
縁先に大《おほ》あぐらゐてぎやまんの杯取れば思ふことなし

寂しさの極まるときやあぐらゐて酒をこそ酌めせんすべ知らに
をりをりは悔しと思ふことありてはだらはだらに白む鬢はや
心なほ壮んに眉をあぐることなきにしもあらず酔はしめたまへ
焼酎を酌むあぐら居の縁に聴く遠いかづちの音はよろしも

洛中洛外

昭和十三年十月、われは土佐より京へ移りぬ。洛北白川の里は風寒しと聴けど、世塵ふたたび窓より入らず、独座黙想思ひのままなるべし。安住の地ここぞと思へば、貧廬もまた寂しからず。

洛北閑居

鞍馬石雨に濡るるを見てありぬ昔をおもふうつつ心に
雨降れば大鞍馬嶺《おほくらまね》の山ふかき嵐気《らんき》をおもふ石をながめて
われはもやここに老いむと夕庭の叡山苔をなつかしみ居り
はるばると深山《みやま》を思ふこころもて三坪の庭の石に親しむ
白川は寒きところと人云へどわび居楽しみ然《しか》は思《おも》はず

比叡鞍馬愛宕如意嶽それぞれの山になぞらへ据ゑし庭石

庭草のなかにまじれる山羊歯ははるばる遠き土佐を思《も》はしむ

庭を見る思ひはるけくなるほどに目にこそうかべ土佐の鬼羊歯《おにしだ》

なつかしき愚庵の歌を床に懸けしみじみと聴く秋雨の音を

京に来てわが世はげしき起伏《おきふし》を思ひかへしぬ秋のこころに

京の夜の寒さはむかし覚えたる華奢《くわさ》風流《ふうりう》の寒さなるらむ

伽羅の香のみなぎるなかにあぐらゐて酒を酌みしもいまは昔か

語ることこころの機微《きび》に触れて来ぬ涙や落ちむいかにせましな

人の世のなかばを過ぎし人ふたり火桶かこみて秋ゆかむとす

むかしのみ語れるもうべ撓髪《たわがみ》も冬ざれ髪《がみ》となりてあらずや

嵯峨処々

或る日誘はれて嵯峨にあそび、亡き友富田渓仙の墓に詣でたる後、厭離庵に到る。

しづかなる竹のゆふ日やわが友が嵯峨にゆかむと誘へるもうべ

いづこにか竹伐る音すうつし世のひびきといへばただにそれのみ
秋晴れの竹の林の中みちを小倉山辺に出でにけるかも
落葉みちを二尊院へとのぼり来て秋の深さにおどろきにけり
藪蔭に野菊の花のすこしある去来《きょらい》の墓のありどころかな
渓仙《けいせん》の墓をもとめて言葉なくわれらのぼりゆく落葉のみちを
友いまだ死なず竹林《ちくりん》かきわけて髪蓬《かみほう》としてきたるごとしも
厭離庵《えんりあん》のゆふべしづけし炉のうへの釜の沸《たぎ》ちもやがて消ゆがに
落葉をば拾ふここちに手に取りし胡麻煎餅もわびしかりけり
一椀の椎の飯食《いひを》しうつし世のことはしばらく思はずもがな
藪越しに遠人ごゑの聴こえ来る嵯峨の月夜はしづかなるかも
孟宗の竹の林のなかをゆく道ひとすぢの月明りかも
月あかり射《さ》し入るところのみ明り闇いよよ濃き竹の林や

五百羅漢

或る日洛南石峯寺にゆきて、若沖の下絵によりて刻めりといふ五百羅漢の石像を見る。

群なして石の羅漢の立てる山天竺みちと思《も》ひてのぼり来《く》
たそがれの羅漢の山にのぼり来てはろばろ遠き秋の日を見つ
風吹かばころげて谷に落ちぬべき羅漢の膝の栗の毬《いが》かも
半眼《はんがん》の羅漢はすでにしづかなる月輪観《げつりんくわん》に入りにけらしも
瘦羅漢落葉のなかに埋もれてゆふべ寒しとかこつごとしも
さまざまの羅漢の姿刻みたる石ことごとく秋風に鳴る
おほどかに落葉の谷を見下ろせる欠伸羅漢《あくびらかん》に夕日あたるも
夕風に落葉の舞へば手を拍ちてをどり出づべき石羅漢はも
ことごとく形かはれる羅漢ゐて夕山めぐりおもしろきかも
人言《ひとごと》はこちたしひとりここに来て石の羅漢と酒ほがひせむ
肩の落葉払ひてやれど石なれば半跏《はんか》羅漢はもの云はずけり
放庵に似たる羅漢を見ておもふ顱頂《ろてう》のさむさいかに霜夜は
人よりも石の羅漢を友としてあらばかよけむわれとこそ思へ

しづかなる秋のゆふべや寝羅漢の石の鼾も聴こゆるが如《ごと》

右ひだり羅漢石ある落葉みち夕とどろきをなつかしと聴く

あぐらゐの石の羅漢の膝がしら撫でつつぞおもふ秋の深きを

一心に羅漢はものを案ずらむ頭《かしら》の落葉払ふともせぬ

あな無残《むざん》草に埋もれ土にまみれ倒れ羅漢の苔ごろもかも

みづからの命楽しむごとくにも太腹《ふとばら》羅漢空《そら》を仰げる

悵然《ちやうぜん》と項《うなじ》を垂れて羅漢ゐぬ風に心の傷めるならむ

頬杖をしてもの思ふことや何《なに》羅漢も時にこころ愁ふや

風もなく夕日しづけきたまゆらや羅漢の背《せな》に蜻蛉《とんぼ》とまりぬ

岩の上《へ》にとろとろ目して起ち上がる足もあやふき酔羅漢《すゐらかん》はも

何ごともあなものぐさと云ふごとく日も夜もねむる寝羅漢あはれ

しづけさのなかに音あり何ならむ耳敏《みみざと》羅漢耳立てにけり

群《むれ》をはなれひとり寂しく樹に凭れる羅漢のこころ知るよしもなし

われもまた落葉の上に寝ころびて羅漢の群に入りぬべきかな

くだらむとしてかへりみぬ一山の羅漢ことごとくこちら向くがに

冬夜沈吟

霜の降るひびきかと耳を澄ませども夜気凝《やきこご》るがにもの音もなし
もの読むを楽しとすれど夜を寒みただいささかの酒欲りにけり
歎異抄読まむと思ふこころもていまだ果さず夜を籠り居り
比叡ゆきの終り電車のはしる音かすかにひびく冬の夜深《よぶか》に
夜ふかく天《あめ》よりくだるものありて玻璃戸《はりど》もいつか凍てにけらずや
夜ふかく音なく降るは霜ならむ炭継ぎ足して耳を澄ますも
明日はまた愛宕は雪かあぐら居の膝の寒さのただならなくに
直日《ぢきじつ》の一棒《いちぼう》よりも寒しやと夜ごもりの肩窄《すぼ》めてぞ居《を》る
たまきはる命はわれのものならず厳しき冬に堪へてわが居り
厳しきは寒さか迫る切なさかもの思ひ居れば骨もこほりぬ
虫麻呂と名さへ呼ばれてありなまし寒さを怖《お》づる冬蟄《とうちつ》の身は
夜天《やてん》よりしんしんと降るもののあり音の冴ゆるは霜にかあるらし

おのが身の起伏《おきふし》に思ひ入る夜半はすさまじと聴く霜のひびきを
世に出でじとおもふ心のつのればか霜いや深し白川の里
みづからをいたはりて云ふもの思《も》はず霜のひびきに聴き入りて居れ
世にそむき侘び居しをればみづからの艶生涯《えんしやうがい》も寂しとぞする
慰むるひとはあれどもやうやくに鬢髪《びんかみ》白みゆくが寂しさ
うつし世の冷たき風を入れぬことこれをわが家の掟《おきて》とぞする

比叡山

霜晴れの屋根の上《へ》に見る比叡が嶺は雪はだらなり深しもよ冬
昨日かもまだきの比叡にのぼり来て大いなる息を空に吐きしは
いきどほりに耐へたるはてのわび住みと知るは風のみ比叡颪のみ
われここに老いむと思ひ比叡が嶺をしづかに仰ぐ朝ごころかも
友欲しとおもふ夕のあぐら居や比叡荒法師山をくだり来《こ》
冬去らば斌《あきら》のをぢに送るべう採りにい往かな比叡の山草《やまくさ》
見てあれば身に迫り来るものありて比叡の山気《さんき》の鋭《と》さを思ふも

比叡が嶺も今朝はかすみて見えずとよこの日寂しきみなもとやこれ

かの山のにほひやあると庭の面《も》の叡山苔をなつかしみ居り

朝《あした》まづ大きく深き息したり空かぎり立つ比叡に向ひて

銀閣寺

林泉《りんせん》のさびしき庭をながめつついにしへびとの華奢を憐れむ

しづけさの極まるところ現身《うつそみ》は置かむとぞおもふ苔の深きに

ちちのみの父と見しことあるごとき庭かも石もその苔もまた

相阿弥《さうあみ》がつくりし庭の寂しさをふと感じつつ山を見上げぬ

いそのかみ古りし庭かも岩蔭の苔の深さも寸《すん》あまりなる

土鈴に寄す

浪華なる三遊亭円馬齋すところの土鈴を見つつ、諸々の国の郷土のいろをおもふ。

許呂許呂《ころころ》と松虫に似る音立つる祇園の鷽の土鈴《どれい》いとしも

出で羽なるお鷹ぽつぽの土鈴《つちすず》はいまか鳴くかに見つつ飽かなく

わが知れる臨済居士《りんさいこじ》に似し顔の三春達磨もうち振れば鳴る

月山《がっさん》の玉の兎の土鈴《つちすず》は咽喉《のど》こそ鳴らせあはれ許呂許呂《ころころ》

八戸《はちのへ》の八幡駒鈴《やはたこますず》鳴るときやみちのくの旅を思ほゆるかも

浪速津の円馬もて来し土鈴の音とりどりに旅を恋はしむ

みちのくの土鈴鳴らし春の日をうつらうつらにもの思ひ居り

並べたる土鈴《どれい》を見つつあるほどに旅のおもひの果し知られず

手に取れば阿蘇の土鈴は音立てぬ鳴りねと触れしものならなくに

京の早春

春さむき人の噂も聴くものか世と離《さか》り住む京のわび居に

春いまだあさく冷たき街灯《まちともし》夕戸出すれば項《うなじ》さむしも

比良《ひら》八講《はっかう》までの寒さとおもひつつうち仰ぎゐぬ京の風空《かぜそら》

はじめての京のわび居の冬過ぎて山茶花垣もあらけけらずや

鞍馬石見つつしおもふかの山に師の残したる遮那王《しやなわう》の歌

比叡鶯いまだ来鳴かず庭隅の笹の葉摺れも春と思ふに

洛北消息

久保田万太郎君がわれに与へし一文へのかへし。

うちひさす都を遠く離《さか》りゐて友の消息読むは楽しも

寂しきは終《つひ》の栖《すみか》とわれの云ふ心の奥処《おくど》友は知らずも

塵おほき都の逵《つむじ》往かむより大あぐらゐて酔ふがまされり

世と離り鬢白めどもわがこころいまだ萎へずと友につたへよ

ひたすらに市井《しせい》にまこともとめたる昔もいまは空《むな》しきろかも

寂しさは友にこそあれ吾《あ》は楽し世と離り居ればいや離るほど

離り住むは棄つるにあらでいや深くわが世いとしむゆゑと知らずや

われは知るいづこともあれ吾が息《いき》し吾が寝《ぬ》るところ終《つひ》の栖《すみか》と

わが胸を吹くはすがしき比叡おろし友のこころを吹くは何風《なにかぜ》

をりをりは心騒げと思ふほどわび居馴るれば安けくもあるか

しかはあれ狭庭《さには》の石の比叡苔に雨降るを見れば思ふこと多し

鞍馬なる竹伐り祭ちかしとよ友の訪ひ来《こ》ば率《ゐ》て往かむもの

都辺は風あらあらしわが友よ酒は酌むとも深酔《ふかゑひ》なせそ
友も吾《あ》もなほ華奢にしてい往きたる山谷《さんや》重箱《ぢゆうばこ》ありやあらずや

『玄　冬』

洛北雑詠

四明山下に閑居すること既に六年、無能無才にしてその一筋につながるといふ境涯にも、漸く安んずる齢となりぬ。芸道一心にその日を過せば、厳しきたたかひの世に会ひても、わが歌ごころいまだ怯まず。

虫声喞々

虫鳴くを或《ある》は雨かとうたがひて頭もたげぬさむき夜床に
腸に当つる懐炉も冷えにけり夜深の虫の声も絶え絶え
こみ上ぐる怒りおさへて虫を聴くこの寂しさは知るひともなし

虫の音に聴き入り居れば己《し》が心しづかに遠く動かむとする
乾鮭《からさけ》のからきを食みて虫聴けばわれのわび居の暮らしこと足る

炉 辺 感 慨

夜ふかく玻璃戸を徹《とほ》す霜の冴えこころの冴えはすでに久しも
やうやくに心厳しくなりにけり火のなき炉辺に腕組み居れば
厳しさは寒さかあらず身に迫る夜気《やき》か否とよ胸ぬちのこゑ
炉辺にゐて眼を閉づること幾度《いくど》何の祈念に過ぐる時ぞも
炉辺にゐて番茶をすること幾度こころ渇けるわれならなくに

天 神 詣

北白川天神詣すると出づ霜きびしかるわび居朽門《くちど》を
遠天に霜降る音もまさに聴く心いよいよ澄むにかあらむ
何の実か落つるひびきすしづけさは寒さにはかに凝《こご》り来しごと
柏手の音二つかも寒きかも暁闇《ぎやうあん》に吐く息しろきかも
石段をのぼり来る人の足音を遠潮騒《とほしほざゐ》のごとく聴きゐし

除夜小吟

明日は年立つといふ夜のしづけさやものを煮る香のいと親しく
春ちかき京のわび居の夜の厨年待ち顔に何をかも煮る
しめやかに年を迎ふる炉のほとり百済観音思《も》ひてわが居り
やをら起ち厠《かはや》にのぼる夜のさむさ窓打つ風も春と思ふに
炉の灰も浄めぬ炭も継ぎ足しぬいざかへりみむ一年のこと

洛北迎春

一切れの乾塩鮭もをろがまむこころとなりて年は迎へむ
腸をまこと断ちたるうつそみと思ひいとしむ年のはじめに
一片《ひときれ》の餅焼くなべに撫でてゐぬ去年《こぞ》のままなる頤《おとがひ》の髯
むづかしき羅漢顔ともなりぬらし年立つ今日も寄せ眉をして
むかし見し救世《ぐせ》観音のほほ笑みを年のはじめにかへりみまつる
心ふと厳しきものに触れしかば年立つ今日もひたにもの思《も》ふ

春日籠居

たたかひの世も夢殿の観音は笑みいますらむ春をしづけく
寺でらの仏の顔をおもひつつ春日を浴みて朽縁に居り
もの古りし斑鳩《いかるが》でらの壁の画を目閉ぢおもへば春立つらむか
観音の御掌《みて》のぬくさもおもふなり春日あかるき朽縁にして
春の日をこもりて居れば古寺の乾漆仏《かんしつぶつ》もなつかしきかな

竹博士

或る日「竹」及び「竹の本」の著者竹内叔雄博士と会す。

火桶の火乏しけれどもすがすがし竹を語れば寒けくもなし
おもしろき竹皮《ちくひ》の表紙撫でつつも竹の寂しさ思ひゐしかな
われもまた愛づると云へばうなづきてまた語り継ぐ竹博士《たけはくし》かも
竹縁に半跏を組みて竹の歌つくらばわが世楽しからむか
わが庭の貧しき竹を見ておもふ竹譜《ちくふ》のなかにありやこの竹
大佐渡の小木の箭島の双生《ふたおひ》の矢竹をかたる旅を恋《こほ》しみ

比叡颪

比叡颪《おろし》聴きつつおもふ夜をさむく山法師ばら眠りつらむか

祖父《おほちち》の三峯日記読みさしてたかぶりごころ比叡颪聴く

比叡颪ややしづまりて夜は深し風ならなくに胸打つや何

比叡颪朝な夕なに聴くほどに浄土のさむさおぼえたらずや

鶲の歌

伝教のつかひの鳥の比叡《ひえ》鶲《ひたき》今朝もまた来つかしこしと見む

玻璃戸打つ音に驚起《そよや》と起きて見ぬ鶲おとなふものと知らずに

鶲はも茶禅の寂びを知るごとく苔いやふかき石にとまりぬ

ひたむきにものを念じてある朝は鶲の声もいや冴えにけり

比叡すでに斑雪《はだれ》も見えず庭に来る鶲のこゑも春を告げ来し

鰯を焼く

鰯焼けば胸しくしくと痛み来ぬ土佐わびずみのころを思ひて

乾しうるめさかなに土佐の酒酌みしその日思へば鰯かなしも

鰯焼く煙にむせぶならねども思ひがけなく涙落ちたり

うらぶれと云ふにはあらね夜を寒く鰯を焼けば泣くべかりけり

続洛北雑詠

わが洛北の陋居は、廂古びし借り家なれども、住み慣れては閑庭の石を見ても、猶風霜を悲しむの情あり。東籬の芭蕉の破れたるを憐れみ、北窓の竹の枯れたるを歎いて、遂におのれの愚なるに及ばず。

東大寺伎楽面

或る日京都博物館に往きて、東大寺出品の伎楽面を見る。

天平の遠き昔の楽の音聴こゆるごとし面《めん》見てあれば

この面のいのちの深さおもひ見ぬかすかに残る唇の朱に

つくりたる匠は知らね見てあれば鼻欠け面も世の常ならず

天平の昔味摩之《みまし》がつたへ来しこの古面の彫りのいみじさ

端的《たんてき》にはげしきものの迫り来る憤怒の相は何の面ぞも

蚋子を憎む

什麼生《そもさん》と足の蚋子《ぶと》にもの問ひぬをかしきわれの散歩なるかな

憎めどもにくめども猶蚋子来るはわれを羅漢と思《も》へばなるべし

蚋子を憎む歌をつくればおもしろし人を憎む歌といつかなりぬる

飽かず来る蚋子にくみつつ山端《やまばな》の冷し寒天売る店に入る

虫の音

半跏して虫を聴きゐぬ老いぬれば羅漢図中の人のごとくに

昨日聴きし雷よりも昨夜《よべ》聴きしかそけき虫の声におどろく

夜ふかく鳴く虫の音は生死《いきしに》の彼岸にありて聴くべかりけり

わが京のわび居あはれみ来る虫は厨辺《くりやべ》に鳴く厠辺《かはやべ》に鳴く

大無翁

わが狭き庭の石を眺めつつ、石を愛すること人に超ゆる岡本大無翁を思ふ。

石を見て大《たい》無《む》翁《おきな》をおもふなり大無が石か石が大無か

耳遠き大無は人の言葉よりよしと聴くらむ石のかたるを
石にむかひしづけき世をば祈るならむ大無石痴《せきち》は朝な夕なに
声高《こわだか》に大無のすなる石がたりこのごろ聴かず寂しきろかも

藤村先生を悼む

大磯の梅の林の奥ふかく眠りてもなほ生きさせたまへ
「東方の門」書きさして死にたまふみ心思へば泣かれぬるかな
ルーソーの懺悔録持ち吾《あ》に示しのたまひしことも忘られなくに
君が児の鶏二が描きし死顔はしづかなれども人を泣かしむ
浅草の新片町の先生の二階の書斎いまも目離《か》れず
しづかなれどかなしき宵やわが遅き夕餉《いひ》の飯も胸につかへて

垸つくり

これはしも日本の土と思《も》ふゆゑか手触り親しき垸《もひ》つくりかも
わがまへの轆轤《ろくろ》しづかに廻るなり土を手にすれば澄みゆく心
おのづから己《し》が心をば現はすと思へばこの土おろそかならず

ぬばたまの小夜のくだちのしづけさや轆轤をとめて蟋蟀《こほろぎ》を聴く

縁厚く歪み曲れど日をひと日手触れ楽しみ得し埦《もひ》ぞこれ

生土《なまつち》の白埴土《しらはにつち》のうすじめり手触れてあればわれを忘るる

茶も知らず禅も知らねど日本の土のたふとさやうやくに知る

信濃の紙

草木屋の主人《あるじ》漉かせし紙のいろ信濃の山のいろに似るかな

みすずかる信濃の紙のたふとさをおのづからなる清《すが》しさに見む

紙つくる信濃のひとは夜の空の月の光を恋ひつつぞ漉く

草木の汁もて染めし鈍《にび》いろの紙にか書かむさすらひの歌

羇旅の歌相聞の歌とりどりに書きて信濃の紙を楽しむ

紙楽し手触れ愛《かな》しみ日に透かし見恍れいとしむ吾妹子のごと

みすずかる信濃の紙はほのかなる月の明るさありて親しき

つつましく障子に貼れば月魄《つきしろ》のほのけさを持つ紙あかりかな

白秋の死

博多にてともにうつせし古写真取《と》う出《で》かなしむ友や死にきと

ただひとつ残れる友の写真出しつくづく見れば泣かまく思ふも

われのみやかくは驚くいなづまのごとしと思ふ白秋の死を

紀の旅や筑紫の旅や亡き友のこと思ひ居れば頭《かうべ》垂れ来し

病床沈吟

昭和十七年六月、思はぬ病に罹りて、生死関頭に彷徨することを十数日、漸く再生の喜びに浸ることを得たりと雖、肉身の苦はとみに老を加へて、落莫の情如何ともすべからず、ひとり鏡に対し双鬢の霜を憐れむのみ。

病床独語

かばかりの病ひの苦にも堪へずやとわれの弱さをわれと嘖《ころ》ばゆ

助かりし生のたふとさ思ひゐぬ命さばかり惜しと思《も》はねど

力なき手に鉛筆も取りにけり病めばさびしきことも書くべく

羅刹と餓鬼

生死《いきしに》の境にありて思《も》ふや何《なに》目には数百の羅刹見えつつ

生くる死ぬるいづれか知らず夜もすがらわれ見てありぬ修羅道のさま
命いとどいとしきものに思ひつつ悪鬼羅刹とかくもたたかふ
おそろしき鬼とたたかふ夢覚めぬ汗しとどなる夏の夜の二時
なにがしの僧正ものす餓鬼草紙にも描《ゑが》かれてあらむわが身か
夜の二更目覚めておもふかく病むはわが腹ぬちに何餓鬼やゐる

祖父を思ふ

病める目にまさしく見るは祖父《おほちち》の頬髭《ほほひげ》なれや泣くべく思ほゆ
かくばかりやさしく笑ます祖父の面わ消えなば寂しからむか
病ひかならず癒えむとかすかのたまはす祖父の目のやさしきことよ
傍にまさしく祖父いますぞと思へば脈も静まりゆきぬ
夢うつつさだかにわかね祖父の唇うごきもの云ふごとし

死を越えて

生きてあることのうれしさ枕辺の小百合の香にも親しみにけり
われ遂にいしくも死なでありけるよかく幾たびも思ふ楽しさ

目閉づれば瞼に触るるもののあり命のごとくあたたかきもの
生きむ生きむあくまで生きむかく思ひ今朝も目覚めぬ病ひの床に
ありがたき命のほどを思ひ居ればいよいよ紅き撫子の花

蛍の歌

夜ふかく蛍を見つつ頰をつたふ涙ぬぐふと人に知らゆな
生死《いきしに》の境にありてひとり見る蛍の凄さ誰にかたらむ
蛍火のかそけきを見てほのかにも月光《がっこう》菩薩《ぼさつ》思ふしづけさ
涅槃図のなかにも見えぬ虫類の蛍に命ありてかなしも
モラヱスが亡《な》き恋びとのたましひと思ひし蛍いまも光りぬ

病後日々

夕庭の石をながめてひとり食《は》む蕎麦粉の味もにくからなくに
信濃なる友が呉れたる蕎麦の粉も山のにほひをつたへ来《こ》しかな
膳のうへに柚味噌を置けば病みあとの心もいつか禅にあそぶや

病余抄

嵯峨日記読みつついつか眠りゐぬ病めば夜ごころいとどしづけく

病みあとの心しづけさしみじみと芭蕉の句境思《も》ひつつぞ寝《ぬ》る

秋ちかきけはひするまで長病めばわれ寝羅漢となりにけらしも

芸苑遺韻

古き代の絵画彫刻もさることながら、今の世のすぐれたる作品に接することも、また類ひなき喜びならずんばあらず。芸苑の名匠が筆端の妙を思へば、神おのづから天際に向って飛ばむとするを覚ゆ。

栖鳳を悼む

信実《のぶざね》は八十九まで生きたりと思ひ歎けどすべなきかなや

八十にひとつ足らざる長寿さへ亡《う》せたまひたる今はかなしも

栖鳳の描きし狗ころいまはその涅槃図中のものとおもはむ

画聖《えひじり》のあとをしのばむ秋はやき栖鳳の忌を年ごとにして

栖鳳追憶

忘れめやただ恍として栖鳳の蛙角力《かはづずまふ》に見入りたる日を
炉辺《ろへん》の絵見てあるほどにほのぼのと伽羅白檀の炭の香ぞする
水墨のいろの深さを思ひゐぬ蘇州の雨に濡るるここちに

柳圃虫声　鏑木清方作

清方の絵にむかひゐてしばらくはうつし世のこと忘れゐしかな
そのむかし寺島村に降りし露いまもこの絵に降るにあらずや
うつりゆく姿と思《も》へば柳北《りうほく》のその長顔も寂しきろかも
うばたまの黒き扇を手に持ちて学海居士はもの云はずけり

良寛遺墨

出雲崎はさびしき街ぞ良寛の仮名文字見つついまも思へり
良寛の自画像見ればおもしろし大愚《たいぐ》の顔や鼻なしにして
風吹けばたちまちにして良寛の字より湧き立つ秋の雲かも

鉄斎遺墨

鉄斎の絵を見てあればにほふなりそのこころにも似たる蘭の香

絵にもなほ声あるごときここちして漁樵問答見れど見飽かず
蓮月も鉄斎も月を見てゐたりこの絵のなかにわれも入らまし
描《か》きしひとなつかしければ絵のなかの陶淵明も親しきろかも
おのづから竹に声あるここちして暑さを忘る鉄斎の絵に

明眸行

一

私《わたくし》がその手紙を取り上げて怪しく胸の轟いたのは唯その差出し人の名が優しい女文字であつたばかりでなくその中に認めてあつた手紙の文言が次のやうな謎めいた事だつたからである。私はその手紙を読み終つてからどんなに思ひ悩んだであらう。

「君よ」

うちつけにかかる文を送りまゐらすを不躾《ぶしつ》けなりと咎めたまふな。われは夢見る女なれば夢の中なる文とも見たまへ。さあれ儚《はか》なき夢の中にも恋ある事を知り給はぬわが君にてはよもあらじ。文は便なし。せめて一日の逢瀬《あふせ》だに許したまはばわが嬉しさ喜ばしさは如何ばかりぞ。」

さうしてその後には唯「夢見る女」と書いてあるばかりなのである。

私はそれからと言ふものはひたすらその謎めいた手紙の事ばかり思ひ続けた。「夢見る女」とは誰なのであらう。ひよつとしたら避暑地にあり勝ちな悪戯から私を弄ばうと企てたのではあるまいか。さう思ふと私は何だか急にこの手紙が怖ろしくなつて直ぐにそこに投げ棄ててしまつた、まるで今まで蛇でも摑んでゐたかのやうに。

鎌倉のあはつけびとの戯れも恋のことゆゑ悲しかりけり

夢見るは女の癖と知りながら或るときはその夢をかなしむ

はつ夏の相模の海の汐ぐもり君水《み》あむ日《ひ》もちかづきしかな

見ぬ恋かあやしく胸の騒ぐよとわれはかこちぬ海を眺めて

私が再びその手紙を取り上げたのはそれから間もなくの事であつた。私は何者かに誘はれるやうな心持で再びその手紙を読み返した。何と言ふ魅力に富むだ文字なのであらう。ぢつと文字の面を凝視してゐると心はおのづからときめいて胸は怪しくも顫へるのである。さうして幾度か思ひ惑つて躊躇した果に私は到頭その「夢見る女」に逢はうと決心した。よしそれが避暑地にあり勝ちの悪戯にもせよ、その日その日を懶《もの》う《う》く送つてゐる人人の間に好話柄《かうわへい》として伝へられればかへつて無聊を慰めるよすがともなるであらう。

その日は机に向つて筆を執つても唯「夢見る女」の幻のみが目に浮かんで殆んど一字も書かないうちに何時の間にか夜となつてしまつた。さうしてその夜の私の夢は、幾度か「運命が丘」のほとりに飛んだ。

　あやしくもの云ふ文がとどきぬとひとりつぶやく夏のゆふぐれ
　夢多く見る子となりぬうつくしきあかつきの夢ゆふぐれの夢
　はやく来よ白き腕《かひな》は汝《な》を待つと叫ぶがごとき君の文かな
　君に逢はむよすがもとめてわれ往かむ路きよむると御祓《みそぎ》してまし

その手紙の命ずるがままに明くる日の午後家を出ると直ぐに「運命が丘」の方へ急いだ。初夏の雲はまるで雲母《きらら》のやうに光り、海は美しく輝いてゐた。稲村ケ崎の向ふの方に群つてゐる数十の白帆の上に日光は眩ゆく降り注いで黄いろい岬の土の色までが炎のやうに燃えてゐる。私はかう云ふ光景を眺めながら、恍惚として歩いて往つた。砂の上には陽炎が燃えて、今にもこの身を焼くかと疑はれて、思はず立ち竦むこともあつた。しかしそれとても唯陽炎の為めばかりではなく「夢見る女」に逢ふと云ふことが私の心を脅かすからなのであらう。

　わが筆は何を思ふや歎けるや投《な》ぐれば泣くがごとく倒れぬ
　何時の間にかくまで思ひみだれけむ恋と云ふべき恋ならなくに
　陽炎《かげろふ》のごとくに前にあらはれて陽炎のごと消ゆる君かな
　誘はるるままに誘はれわれゆきぬ恋ふとし聴けばいづこまでもと

始めて「夢見る女」に逢つた時の私の驚きはどんなであつたらう。それは私が二三日前に帝劇に往つた時出会つたばかりで、何処の誰とも分らなかつたけれど何となく忘れ難く思はれた女だつたのである。丁度その時は舞台協会の新しい役者達が、ストリンドベルヒの「父親」を演じてゐる時であつた。私は凄惨な舞台の光景に深い鬱憂を感じながら洋燈の砕ける幕切れの音を後に残して席を立つた。さうして南側の入口を出ようとすると図らずも特等席の最端の椅子に凭《よ》つて、手帛《はんけち》で顔を蔽つて歔欷《すすりなき》をしてゐる一人の若い女のあるのを見付けた。女は私の見てゐるのに気が付いたか、面羞《おもは》ゆげに微笑した後で涙を拭きながら立ち上つた。ああ、その夜私の見た涙に濡れた明眸を、今日再び見ることが出来たのである。

私がまづ女にそのことを語ると、女はやはり謎のやうな表情を続けながら云つた。

「だつてあんまり悲しかつたんですもの。」

忘れえぬおほくの人のそのなかにありて眩《まば》ゆき君と思ひぬ

何ごとのすすり泣ぞもかく云ひて馴《なよ》寄らまほしき君なりしかな

謎のごと君は笑ひぬ謎のごとわれもわらひぬ恋はをかしき

泣顔を隠したまへばわが君はさらにひとしほ美しきかな

再会を約して女と別れたのは、もう黄昏に近い頃であつた。「運命が丘」から相模灘を見下しながら、その明眸を持つた不思議な女の言葉を聴いてゐると、私は何時の間にかその女の夢の中へ引き入られてゆくやうな心持がして、怪しくも胸がときめくのである。さうして私はその日始めてその女が何者であるかと言ふことを知つた。女は或る銀行頭取の娘である。しかし数奇《さつき》な彼の女の半生は唯富豪の娘として育たなかつたばかりでなく、これまでさまざまな運命に弄ばれて来たのであつた。子供の時に乳母の家に預けられてからの経歴を魅するやうな調子で話すのを聴いてゐるうちに、私の心は何時しか幻境に誘はれて往つた。北国の雪深い街の橇の鈴の音、或は鷗飛ぶ港の夕とどろき、旅芸人、六部、巡礼、それ等の人人の物語も、彼の女の口から聴いてゐると、唯童謡としか思はれなかつた。女は話の途切れ目に来ると、きつとかう云ふ癖があつた。

「全く世の中は夢ですわねえ。」

私はその夜位悲しく儚なく遣瀬なく思ひ悩むだことはなかつた。何故なれば女は唯悲しみを私の胸に残して往つたばかりで、何の為めにあんな手紙を寄越したのか、そのことをまるで話さなかつたから。

夢がたりかとうたがひぬその君の身の上ばなしあまり悲しき
北国《ほくこく》の雪に埋れてありきとよ明眸《めいぼう》いかに雪をうつせし
うつとりと海をながめてもの思ふ君が悲しき夢がたりかな
さまざまに思ひ悩みしそのはては悲しさのみが胸に残りぬ

二

その翌日は私は終日家に閉ぢ籠つて、戯曲「葡萄棚」の稿を続けた。しかし一昨日《をととひ》から私は唯あの女のことばかり考へてゐるので、筆を執つてゐる間でも明眸が目に浮んで来て、覚えず恍惚となるのである。ああ、何と云ふ美しい眼差なのであらう。これまで私の見た多くの女の中には、こんな美しい黒瞳を持つてゐる者は一人もなかつた。否、おそらくは私は最早再び、これ程美しい黒瞳を持つてゐる女を見ることはないであらう。碧落を切り取つてそこに鏤めたやうな眼《まなこ》である。将に霊水を噴《ふ》かうとする泉のやうな眼である。往昔《いにしへ》の神の忘れて往つた果実《このみ》のやうな眼である。恋人の涙で造つた珠のやうな眼である。否否、私がここであらゆる形容の詞を述べてもまだほんとにあの明眸を現はすことは出来ない。それは如何してもこの世の外のものなのである。

明眸よ夢見るごときまなざしよ黒瞳《くろひとみ》よと思ひこがるる
束の間も忘れがたかりわが君のうつくしき目に魂やある
くらぶべきものなし珠と云ふべくば珠に情なし美しき目よ

私は遂に耐へられなくなつて夜に入るのを待ち兼ねて長谷の方へ散歩に往つた。避暑地の街はもう夏が近付いたので何処となく賑やかな心持が人人の顔にも現はれてゐる。海浜院の方へ急いでゆく外国人の老夫婦が、葉巻の薫りを漂はして過ぎた後は、蓄音機の流行唄《はやりうた》に耳を傾けてゐる店先の人だかりが、一際浮立つた気持を誘つて、私の足も早くなる。さうして何時の間にか鎌倉劇場の前へ出て、明日から開場すると云ふ旅役者の古ぼけた幟を見るまでは、殆んど夢心地に歩いて来たのであつた。無論あの「夢見る女」のことを考へながら。

しかし不図何者かに誘はれるやうな気持になつて、家の方へ引き返したのは、それから間もないことであつた。さうして家へ帰つて見ると、果して一封の見知らぬ手紙が、脅かすやうに私を待つてゐたのである。それは男文字の走り書で唯「運命が丘にて」と記してある外には、差出した人の名さへもなかつた。

「卿《おんみ》は果報なる男なるかな。されど心せずば卿もまた、われの如く彼の女の僕《しもべ》となるべし。彼の女は美しき目を持てり。女の持てる武器の中にて、美しき目は最も危し。」

新内《しんない》のながしも過ぎぬ夏来れど避暑地の街はあはれなるかな
夏ちかし海の風さへわかうどの胸をそそりてなやましく吹く
君が目に一矢《ひとや》射られて倒れたる男のなかのわれにやはあらぬ

三

私がこの脅かすやうな手紙を持つて、一人で思ひ悩んでゐる時、突然窓の下から女の声で、私の名を呼ぶものがあつた。私はその声を聴くと直ぐ、それがあの「夢見る女」であると云ふことが分つた。この避暑地に女の数は多いけれども、あんな美しい声を持つてゐる女が外にあらうか。鳥の鳴く音に譬へるにはあまり涼しく、微風《そよかぜ》と云ふにはあまりはかない。私はその声を聴くと直ぐに立ち上つて、誘はれるがままに外へ出た。外はまるで海の底のやうに美しい月夜である。彼の女は私を見ると、まづ凄いほどあでやかに笑つて、

「あんまり月が好《よ》いものだから、うかうかここまで来たんですよ。」

とかう彼の女は云つたけれども、その月よりも私には、さう云つてゐる彼の女の明眸の方がどの位美しいか知れなかつた。

ああ月夜やがてわれらの沈むべき海のやうなる夜よと思ひぬ
かの月とわがかたはらのこの月といづれまことの月と思はむ
君が声ほのかに聴こえ浪の音かすかにひびき夏の夜はよし
月夜よし寝じなと云ひしひとのため鎌倉月夜忘れかねつも

私はそれから何処をさまよひ歩いたのであらう。まるで月光に酔つたやうな姿で、浜辺を歩き砂山に登つた。女の語ることの多くは、夢のやうな物語である。さうして私はその物語を、世にも尊く美しいことのやうに黙つて聴いてゐなければならなかつた。若し私がその話の間に、何か一言挿まうものなら、彼の女は忽ち口を噤《つぐ》んで、再

び口を開かぬであらう。私はこの前逢つた時の経験から、よくそれを知つてゐるので、彼の女が促すやうな目付をする度に、私は軽く頷いて見せた。彼の女はそれに満足して、再び語り続けるのである。この世の外の出来事のやうな、世にも怪しき夢がたりを、そのなかには謎が含まれてゐるやうな世にも珍らしき恋がたりを。

さうして私達は何時の間にか松林を通り抜けて、岬に近い山の方へ、夢見心地に歩いて往つた。道は次第に暗くなつて、樹の間から差し込む月光が、銀のやうに流れてゐる。そのうちに道はだんだん急になつて、浪の音も何時か脚の下で聴こえるやうになつた。しかし彼の女の物語は、だんだん佳境に入るばかりで、何時終るとも思はれない。私は遂に彼の女の声に誘惑されてしまつたのである。

夢がたりかかる月夜に聴くときは月の世界のことと思ひぬ
海の精ならねど君がかたることすべてあやしき夢がたりかな
忘れえぬ声によく似し声のためふと誘はれしわれにやはあらぬ
ややありてわざとらしげに霑《うる》みたる眸《ひとみ》を上げし君なりしかな

「おや、見違へちやあいけないよ。あたしだつてばさ。」
彼の女は突然物語を止めて蓮葉《はすつぱ》な調子で、かう何ものかに向つて云つた。私も急に夢から覚めたやうな心持で、立ち竦《すく》んだやうな姿で闇の中を透かして見ると、何だか分らないが獣のやうなものが、低い唸り声を立てながら、こつちへ近付いて来るのであつた。しかしそれも彼の女だと云ふことが分ると同時に、忽ち走り寄つて来たかと思ふと喜ばしげに飛び蒐《かか》つて来た。見るとそれは豹位の大きさの怖ろしいやうな犬なのである。

「何だね、失礼な。お客様がいらつしやるぢやないか。」

かう窘《たしな》めるやうに云つてから、彼の女は私の方に向つて慇懃に、自分の家の飼犬が私を驚かしたことを詫びた。さうして直ぐそこが自分の山荘であるから、ちよつと寄つて往かないかと云つて私を誘つた。私はただ彼の女の云ふがままに彼の女とあの怖ろしい犬の後に従つて、異様な形の石の門を潜つた。

君がためいと怖ろしき幻境に誘はるるとも知らざりしかな

山荘に住むうつくしき女よりまづなまめしき夏の夜となる

恋しやと海さへ夜半は叫ぶらむ君を思ふはわればかりかは

垣間見を許さぬひとのつれなさに猛《たけ》き犬など飼ひにけるかな

そこはもう山の絶頂で、丁度突出した岬の上あたりになつてゐる。門を入つてから半町程、林の間を通つてゆくと、そこにはやや広い芝生があつて、この辺には珍らしい大きな風車が、海風に吹かれて廻つてゐる。門を入つてからと云ふものは、彼の女もものを云はなければ私もものを云はないのである。月は何時の間にか雲に隠れて、ただ薄明りが漂つてゐるばかり、彼の女の柔かな跫《あし》音と、苦しげに犬の喘ぐ声とに、引き摺られるやうにして歩いて往く。遥かに下の方から微かに聴こえて来る浪の音が、かへつて夜の寂寞を増して、ますます私達の沈黙は深くなつた。

やがて鋭い鍵の音に気が付いて見ると、丁度そこは山荘の玄関で、彼の女が戸を開けてゐるところなのである。戸が開くと同時に淡黄色の灯の光が、私達の立つてゐる辺まで線を引いて流れ出して来た。燦爛として輝くのに驚いて見ると、それはあの怖ろしい犬が嵌《は》めてゐる、太い黄金の首輪であつた。彼の女は私を促して「さあ、どうぞ。」と云つてから舌打をして、「ほんとに仕様がない人達だね。また三人で何処かへ出懸けたんだよ。お友達を伴れて来たのに。」

かすかにも悲しき君が吐息のみ夜のしづけさのなかに聴こゆる
月落ちて月魄《つきしろ》もなし君思ふ心の闇となりにけるかな
うすあかりそはかのひとの薄情に似てはかなくも悲しきものか
夜は更けぬ浪のひびきも高まりぬかなしみ深くなるがまにまに

私は彼の女のこの独語の意味が、何故この時分らなかつたのであらう。後でそれが分つた時には、もう既に晩《おそ》かつた。夏が来る毎に私の面に深い悲しみの色が現はれるのも、この独語の意味がよく分らなかつた為めである。若し私がこの独語を聴いた時に、せめて少しでもこの謎のやうな言葉を解くことが出来たならば、今のやうな不幸に陥らなくつても済んだであらう。しかしこれが怖ろしい言葉であると云ふことに、気が付いた時はもう私は如何することも出来なかつたのである。

この夢のやうな物語を、若し荒唐無稽だと云ふ人があれば、それはこの世の中には不思議が多いと云ふことを、まだよく知らぬ人である。全くこの世の中には不思議が多い。私もこれからそのひとつを語らなければならない。

はかなげにかこちたまへば夏の夜も弥更《いや》けがたき心地こそすれ
かなしみのこもるとやはか知るべしや謎のやうなる君が言葉に
人の世の不思議に思ひあたりたる時よりかなしわかき命は
今思へばいづれか現《うつつ》いづれ夢なほ分きがたき恋がたりかな

四

私達が彼の女の部屋に落ち着いたのは、それから暫く経つてからのことであつた。ここまで来る闇の中で、彼の女の明眸がどんなに怪しく輝いてゐたかと云ふことを知らなかつた私は、この綺羅を尽くした彼の女の部屋に、たつた二人でゐると云ふことを、どんなに喜んだか知れなかつた。まだ一度も接吻さへしないうちに、早くも彼の女を自分の恋人でもあるかのやうに、至極打ち解けた態度で取り扱かつた。或る時は極めて優しく、或る時はまた極めて冷やかに。

彼の女の部屋の中で最も目に立つのは、すべてのものから不調和な位置に置かれた、大きな青銅の像である。それは人でもなければ獣でもない半人半獣の神の姿で、悲しげに遠くの方を凝視してゐる顔は、今にも涙を翻《こぼ》しさうである。よく見るとその体は十重二十重に太い鎖で縛《いまし》められてゐて、それが青銅で造られたものであると云ふことが分つてゐても、何だか傷ましい心持ちがする。一体何の像なのであらう。私がそれを彼の女に訊かうとした時、早くもそれと察したのか、彼の女は口疾《くちど》に私に告げた。

「それは『恋の縛め』つて題なんですよ。まあ、誰が造つたのか当てて御覧なさい。当つたらえらいわ。」

一面に壁に孔雀を描きたり華奢《くわしや》をつくせし君が部屋かな
ただふたりしんしんとして更くる夜に何を語ると向ひゐにけむ
恋人のごとくにわれと振舞へばをかしやとみに恋しさの湧く
目に見えぬ情の鎖胸を巻き恋のいましめ解きがたきかな

私はこの賢こげな言葉を聴いて一時は腹立たしく感じたけれども、その時じつと私の方を見てゐた明眸は、その怒りを和げるにあり余る程の、美しい媚を湛へてゐた。さうして私は直ぐに彼の女に対して作者が誰であるかと云ふことを問ふのに躊躇することが出来なかつた。さうすると彼の女は突然勝ち誇つたやうに高く笑つて、

「それはあたしが造つたんですよ。」

とさも事もなげに答へたのである。

私が驚きの目を見張つて、その青銅の像に近付かうとした時、私の体は急に柔かい腕《かひな》の為めに遮られた。それは私が藻掻《もが》けば藻掻く程だんだん堅くなつてゆく。私の体は何時の間にかこの柔かいけれども力のある腕に依つて堅く縛められてしまつた、まるであの鎖で縛められた像のやうに。

あざけられ裏切られても君思ふ心に何のかはりあらむや

罪人と呼ばるるもよしはしけやしかのうつくしき明眸を見む

やはらかき腕は白き蛇のごとうなじを巻きぬ恋に死ねやと

この君の腕に巻かれ死ぬときのわがさいはひを思ふ夜半かな

「見ちやいけない。見ちやいけない。」

狂ほしく叫ぶ女の声が耳の傍で聴こえ、熱い息は火のやうに私の頬に懸かつた。何故彼の女がこれ程までに私のあの像に近付くのを妨げたのであるか、突嗟の間ではあつたけれども、私の胸はこの疑に苦しめられた。さうしてそれと同時に私の胸には、それを見ようとする欲望が、その疑よりも激しく起つたのである。

私と彼の女との争ひは、稍暫《ややしばら》くの間続いた。彼の女の柔かい縛めを解かうとして、私は幾度かそれに抗《さから》つたけれども、それは唯徒らに自分自身の体を苦しめるばかりで、如何してもそれを振りほどくことが出来ない。やがて怪しい匂ひのする手帛《はんけち》が、私の口を掩ふたかと思ふと、私の目の前には夢とも幻とも分らない、紅の靄のやうなものが渦巻いて、何時の間にか昏昏として深い睡りに陥つてしまつた。

狂ほしく君の叫べばわが身まで思ひみだれて死ぬここちする
君が息わが頬《ほ》にかかり君が髪わが頬に触れてわれを忘るる
おもしろき男女《をとこをみな》のあらそひも度重なればいたましきかな
わが見しはそのあけがたに見し夢の夢のなかなる夢にやはあらぬ

何処とも分らなければ何時とも分らない。空の色で推し測ると、それは暁のやうでもあるが、四辺《あたり》の光景は夜半よりも静かである。私は血だらけになつて砂の上に殪《たふ》れてゐるのだが、如何してこんなに傷を負つたのか、それは自分にも分らない。遠くの方で鷗の声が聴こえ、直ぐ真近で浪の響がする。しかしこれは悲しい悲しい声である。寂しい寂しい響である。私は身動きも出来ないので、じつと砂の上に横はつたまま青く瞬いてゐる大空の星を眺めてゐた。なんて青い星なんだらう。星はみんな気味の悪い程青い。

長い間さうして過ぎた。さうすると突然私の腕の傷を、吸ふやうに舐《な》めたものがある。驚いて首を抬《もた》げて暁のやうな薄明りの中を透かして見ると、更に驚いたのはやはり血だらけの一人の女が、そこに蹲《うづく》まつてゐることであつた。不図傷口から唇を離して、私の方に振向いた顔を見ると、それは私の初恋の女であつた。四五年前から女優になつて、旅に出たきり消息がない。生死の程も分らないが、不断から弱い体だつたから、きつと何処かの雪国で、血を吐いて死んだのに極まつてゐる。それが如何してこんな処に、私と一所にゐるのだらう。急に懐しさといとしさがこみ上げて来て、その名を呼ばうとするけれども声が出ない。やつと身を起して女の傍《そば》に這ひ寄らうとする途端、誰だか知らないが荒荒しく私の肩を摑んで、烈しく揺り起すものがあつた。

かりそめの夢と思はず夢にして相見しひとを忘れかねつも

覚めざれと思ふ夢さへ多かりき世をはかなみて夢を頼めば

いついかにいづこに見たる君ならむ夢のなかとは知るよしもなし

夏の夜の夢ははかなし忍びかにおとづるる風の音にも破るる

目を覚ますと今までのは夢で、私は柔かい寝台の上に、死んだもののやうになつて寝てゐたのである。部屋の中には燈《あかり》がないので、唯扉の隙から流れ込む月の光で微かにそれと分るばかり、まだ全く眠りから覚めきらないやうな夢心地で、うとうとと今まで見てゐた不可思議な幻境を思ひ続けてゐた。しかしそれは再び私の肩を摑んで、烈しく揺り起すものの為めに、全くそれまでの怪しい夢を振り落さなければならなかつた。

それにしてもかうやつて私を揺り起すのは誰であらう。起き上がらうとして首を抬《もた》げると突然冷たいものが頰に触れた。手を遣つて見るとそれは女の黒髪なのである。さうしてそれが黒髪であると分ると同時に人を酔はせるやうな香料の薫りが噎《むせ》ぶばかりに流れて来た。私は心をおののかしながら胸の中でかう叫んだ。

「あの女だ。あの女だ。あの女に違ひない。」

　たとふれば見果てぬ夢の覚めぎははかなき夏のあけがたに似る
　わかうして怪しき夢のかずかずを見ておとろへしわれと知らずも
　手触《てふ》るれば君が黒髪ことごとく蛇となるべき夜のけはひかな
　夢さめぬ見しはまさしく君がこと黒髪の香も胸にのこりぬ

　果してそれは彼の女であつた。彼の女は私を揺り起してから、まるで命令するやうな調子で、一所に来いと云ふのである。何処へ往くのか分らないけれど、いづれは怖ろしい所なのであらう。如何《どう》にかして遁《のが》れたいとは思ふものの、もうかうなつては如何することも出来ない。私は彼の女の云ふがままに起き上つて、その仕事部屋に連れ込まれた。

　そこは彼の女が彫塑をする部屋で、棚の上には幾つとなく不思議な形の男の像ばかりが、死骸のやうに横はつてゐる。蒼味を帯びたどす黒い土の色を見ると、千人の命を奪つたと云ふ沼の泥を思ひ起させる。それは如何しても死の色である。私は片隅の台の上にうづ高く置かれてある土を見て慄然として戦かずにはゐられなかつた。泥に塗《まみ》れた布《きれ》の下から、恰も私の来るのを待ち構へてゐたやうに、土は物凄く笑つてゐる。ああ、それから先きのことはもう語るに堪へない。私は彼の女の前に立たせられてその形を土に移すまでは、身動きをすることも出来ないのである。影の如くに来り影の如くに去る三人の僕《しもべ》は嘲けるやうな憫むやうな微笑を以て、この新しい夥伴《なかま》を迎へた。私は自分の像の数を増す毎に、次第にわが身の衰へてゆくのを感じた。

君が手にもてあそばるる宿命《すくめい》の泥人形はあはれなるかな
わが君は男ごころをもてあそぶごときことのみ好みたまひぬ
生きながら恋の埴輪となることがいかに悲しきものとかは知る
夏もはや半ばを過ぎぬしみじみと身のおとろへを歎くころかな

或る夜のことである。私は遂に堪へられなくなつて、この囹圄《れいご》から遁れようと思つた。さうして私は彼の女や彼の女の僕達《しもべ》が眠つてゐる隙を窺つて、窓を破つて外へ出た。芝生の露を跣足《はだし》で踏んで、あの大きな風車の下を過ぎようとする時、私は不図後から逐ひ懸けて来るものがあるのに気付いた。それがあの豹のやうな怖ろしい犬であると云ふことに気付いた時には、もう荒荒しい獣の息が直ぐ傍で聴こえ、烈しい唸りが牙を洩れた。

私の体はその時すべて恐怖になつた。さうして矢庭に駈け出して往つたまでは覚えてゐるが何かに躓いたと思つたぎり何も知らない。私の魂は星のやうに空を飛ぶ、闇を掠めて空を飛ぶ、何時までも何時までも果なく闇の空を飛ぶ、いづれは殞《お》ちるものとも知らずに。

とらはれの身のかなしみをしみじみと思ひ知らせし君とこそ思へ
かにかくに命を惜しと思ふ身は恋をおそるる君をおそるる
あまりにもむごき君かなかくかこち恨み歎くも恋しければぞ
或る夜ふと迷ひ出でたるたましひも空にのぼれば星となるらむ

五

その明くる日の朝気絶した私の体が稲村が崎に近い断崖の下で見出された時、避暑地の人人の驚きはどんなであつたらう。私は直ぐに病院に運び込まれて、前後不覚の数日を過ごした後、やつとこの怖ろしい昏睡から覚めた。さうして私は何処から何処までが昏睡してゐる間の出来事であるか分らない程、あの悪夢のやうな山荘の数日を思うて惑はざるを得ないのである。ああ、あの明眸はまだ私の目の前にあつて、私を誘ふやうな心地がする。しかしそれはもう再び見る事は出来ないであらう。何故ならばあの明眸はもうこの世にはないものだから。

私がこの明眸のもうこの世から消え去つたと云ふことを知つたのは、それから余程経つてからのことである。この怪しくも悲しい物語の大団円として私はこの悲しい事実を話さなければならない。

うつくしきものみな悲し明眸も悲しきもののなかに数ふる

いまもなほわが目の前にあるここちかの明眸はなつかしきかな
人の世の悲しきことをしへたるうつくしき目の君を忘れず
いまははやこの世になしと聴くからにその黒瞳いかに悲しき

私が病院を出た時は、もう避暑の人人も大方都に帰つてしまつて海岸を散歩する人の影も遽《には》かに寂しくなつてゐた。今まで並んで建てられてあつた脱衣所の小屋も、残つてゐるのは五六軒で、それももう取り壊しに懸つてゐるところもある。風も如何《なめりがは》やら秋めいて、砂の上には陽炎も見えない。唯真夏の頃と少しも変らないのは、滑川の川岸で餌を漁《あさ》つてゐる浜鳥ばかり、私が始めてあの女に会つた「運命が丘」も、暴風の為めにすつかり形を変へてしまつた。

何となく感傷的な心持になつて私は海岸を歩き廻つた。さうして私の好奇心は、何時の間にか私の足をあの山荘のある方へ向けた。樹立の間の坂路を登つて、あの異様な形の石の門のあるところまで来ると、私は思はず立ち留まつた。鉄の扉が堅く閉ざされて私の行く手を遮つたのである。柵の間から中を覗くと、人が住むとも思はれぬ程草が茂つて昼猶暗い心地がする。風車も何処か壊れたと見えて、まるで死んだもののやうに動かない。私はそこに佇んだまま夢だつたのではあるまいかと思つた。しかしこの疑ひは間もなくこの門の潜り戸を開けて出て来た、一人の老人の言葉に依つて解かれた。

夏ゆきぬ都をとめが竺仙《ちくぜん》のゆかたの模様目にも残りて
いたましき恋の痛手を負へる身にはやくも来つれ鎌倉の秋
砂山のかたち変ればいつかわが君の心もかはりけらしな
ただひとつかなしき恋のおもひでをわれに残して夏もをはりぬ

彼の女はあれから間もなく、一通の遺書をも残さずに、突然自殺を遂げたのである。老人と思つたのは彼の女の僕だつた青年で、幾度か土に形を移されてゐるうちにこんなに白髪となつてしまつた。しかし如何しても彼の女から離れることが出来ないで他の二人の僕が何処かへ去つてしまつた後までも彼の女の墓を守つてゐるのである。

彼の女は何故突然自殺を遂げたのであらう。はつきりその訳は分らないけれども、何だか私には朧ろげながら分つてゐるやうな心持がする。私はそれからと云ふものは明眸を持つてゐる美しい女を見ると、怖ろしいとも悲しいともつかぬ不思議な思が胸に起る。私はその不思議な思に逐はれるやうな心地がして、その翌日この避暑地を去つたのである。ひとり寂しくあの女と始めて会つた「運命が丘」の方を振り返りながら。

かなしみをまぎらすために弄ぶ恋と思へば恋も悲しき
君なきかまことこの世に君なきか君なきことも夢かとぞ思ふ
亡きひとの魂のごとただひとつほのかに咲きぬ山百合の花

蝦蟆鉄拐

一

八坂の塔にあたつていた夕日も淡れ、清水詣の人影も疎らになつた灯点《ひとも》し頃、三寧坂の石段を高台寺の方へ、いささか酔つてゐるらしい足取で、彼岸の今日が中日といふのに、世の無常も知らず顔の至極のんびりとした間の抜けた調子で、何やら唄らしいものをうたひながら、下りてゆく二人連れがあります。

まづ初春の暦ひらけば、
こころよいぞや皆姫はじめ、
ひとつ正月年を重ねて、
弱いお客はつい門口で、
お礼申すや新造かむろは、

と、ここまでうたつて来たところで、一人が不図石に躓づいて転げかけたので、
「おつと危ない。例のかはらけ、薺七草《なづな》囃し立つれば」
と、伴れの一人がうたひ続けながら、傍から腕を擁《かか》へました。
蹌踉《よろ》けた一人は、竹細工では京で一二と云はれてゐる如心斎《じよしんさい》で、腕を取つて支《ささ》へた一人は、漆芸では当代指折りの名工と云はれてゐる幽々軒でしたが、如何見てもこの二人は、さういつた世にすぐれた芸の持主とは思はれません。まず如心斎からいへば、お手のものの寒竹のやうに痩せた体に、もう縞目も分らなくなつたやうな結城紬の古単衣《ひとへ》、黒地の呉絽の半袴の紐を、だらしなく前結びにして、横鼻緒の緩んだ、歪《ち》びた張柾の下駄を穿き、年の頃は五十二三にもなるでせうか。それとはがらりと打つて変つた幽々軒の方は、小肥りの薄菊面《うすあばた》、年も如心斎よりは五つ六つ若く、肱のあたりに継の当つた、茶色の麻の服の釦も掛けず、前をはだけてまる出しにした開襟のワイシヤツには、汚染《しみ》らしい痕が点々とあります。
やがて雪踏《せつた》を引き摺りながら、
心いきいきついお戎《えびす》と、
じつと手に手を〆《しめ》の内とて、
とうたひ続けると、伴れも歪び下駄の音を立てながら、同じやうに声を合はせて、
奥も二階も羽根や手鞠で、

拍手揃へて音もドンドと
突いてもらへば骨正月《ほねしやうぐわつ》や、
とうたひながらも蹌々踉々、やつと石段を下りきりましたが、如心斎は不図そこの骨董屋の店を覗き込むと、

「おや。」

と云つて、不思議さうに首を傾《かし》げました。といふのはこの店の、直ぐ表から見通せる壁に、如何やら見覚えのある、禿《かむろ》を伴れた遊女の絵が懸かつてゐるのを見付けたからで、もう一度じつと眸を据ゑて見定めてゐましたが、やがてふらつく体を近寄せると、懐しいものに出会つたといふやうな顔付で、

「さうや、確かにあれや、如何や。蝦蟆仙《がません》、あの絵におのれも見覚えがあるやろ。」

「ええ、何や。」

と云つて幽々軒は、同じやうに店の中を覗き込んだが、直ぐにその絵に目を留めて、

「成程々々、あれや、あれや。」

それはまさしく初代懐月堂の描いた肉筆の浮世絵で、背後《うしろ》に一人の禿を伴れた、盛装をした遊女の道中姿が描いてあります。裲襠《うちかけ》の模様は波に千鳥、その裾からこぼれ出した下着は、亀甲をあしらつた紋散らしで、胡粉のところなどは、大分剝落してゐますけれども、如何してもそれは十数年前まで如心斎が、大事にしてゐた幅に違ひあ

りません。

「そや、そや、あれに違ひないわ。あの上のところに書いてある歌、もう読めんやうになつてゐるけど、あてはちやんと覚えてゐるで。」

如心斎はさう云つてから、いくらか朗詠をするやうに節をつけて、

「誰《た》そや誰《た》そ誰《たれ》かは今日のつまならめさだめなき世に定めなき身や、とか云ふんや。」

「ほう、よう覚えてゐるやないか。」

「そらもうこの絵では、せんど苦労をしたさかい、この歌かて忘れられへん。」

さう云ふと幽々軒も点頭いて、

「さうやつたなあ。この絵を持つてゐると、とことんまで女《をなご》で難儀すると云ふさかい、何阿呆らしこと云うてんのや思うて、貰うて来たのが運の尽きや。」

「そやそや、それからがあの心中沙汰やつた。」

さう云ひながら如心斎は、壁の浮世絵から目を離さずにゐましたが、かうして懐月堂特有の、典型的ではあるが肉附の豊かな、遊女の姿に見入つてゐると、いろいろと昔が思ひ出されるらしく、

「何と云うたかて、あの時分は面白かつたなあ。お互ひにまだ三十前後の男盛りや。それにまだ二人とも、親譲りの財産を持つてゐたさかい、極道のありたけ仕尽くしたもんや。」

と云ふと幽々軒は、いくらか自分達を嘲るやうな調子で、

「それが今では蝦蟇《がま》鉄拐《てつかい》、芸が身を助くるほどの不仕合せと、いつたやうな体《てい》たらくや。」

「それにしてもあの時分の女達《をなご》は、今如何してゐるやろな。如何や、今夜は二人して、その時分関《かか》り合つた女達の名前を並べて見よか。」

「阿呆らしい。何云うてんのや。」

「いや、阿呆らしいことあらへん、今ここであの絵にめぐり合つたのも何かの因縁や。たとへわいとおのれとが、同じ女に関り合うたことがあるとしても、今更気まづうなるといふこともあらへんやないか。差し障りがあつても昔のことやさかい、笑ひ話で済むことや。」

如心斎があんまり熱心にさう云ふので、幽々軒も釣り込まれて、

「そやなあ、今更色懺悔でもあるまいが。やあお前もかと云ふやうなことがあるやも知れへん。まあお前から云うて見。」

「そやな、わしが云ひ出しやさかい。」

と云つたが、気が付いたやうに四辺《あたり》を見廻はして、

「そやかてここは往来端や。立ち話も辛《しん》どいよつて、何処ぞでまた酒とせう。久しぶりにあの餅搗き唄を、思ひ出してうたつてゐるうちに、酔も大分覚めてしまうた。覚

めては昔の惚気《のろけ》なんど、阿呆らしうて出やへんやないか。」

「それでは今度は何処へ往こ。」

「そやなあ。何処ぞ気安う飲めるとこあらへんやろか。」

まだあの懐月堂の遊女の絵が、何となく気になるらしく、じつとその方に目を遣つてゐた如心斎は、不図何か思ひ当つたやうに顔を上げて、

「うん、ええところがある。」

「何処や、鉄拐。」

「何処や云うて、お前とわしも関り合ひのあるところや。」

「思はせぶりなこと云ひな。それではやつぱりこの絵に祟られよつたんかいな。」

「まあ、そんなところや。当ててお見。」

「はあてな。」

幽々軒は腕を組んで、雪踏をじつと踏みしめて、しばらくの間思案顔をしてゐましたが、やがて頓狂な声を上げて、叫ぶやうに云ひました。

「さうや。あこやあこや、あこに違ひないわ。何やろ、あのおすみのところやろ。」

「やつぱり講中の一人やと見えて、直ぐに気が付きよつたわい。」

「あこならここからもう直ぐや。」

と云つて歩き出しさうにしたが、不図何か思ひ出したやうに躊躇の色を見せて、

「そやけど娘が病気やいふこと、二三日前に誰やらか聴いたが、往《い》ても関《かま》へんやろか。」

「大事《だん》ない、大事ない。娘が病気なら猶更のこつちや。見舞に往てわい等二人で、病魔退散の祈りをしてやろ。」

「よつしや。ほんなら往くとせうか。」

思ひの外長かつた立ち話で、大分酔が覚めて白々とした顔付になつた二人は、彼岸の中日のことで引きつづいて通る、清水詣がへりの人達に交つて、またふらふらと歩き出しました。

今日はこの上もない彼岸日和、先刻《さつき》往つた鳥辺山には、伽羅の薫りとは似てもつかない、抹香くさい煙が立ち籠めてゐたが、ここらあたりは涅槃は何処ぞと云つたやうな行楽の巷で、肩摩轂撃《けんまこくげき》とまではゆかないにしても、多少の縁の袖と袖とが、触れ合ふ位の人通りはあつて、建仁寺か南禅寺あたりの禅道場へ帰つて往くのか、網代笠をかぶつた雲水がひとり、草鞋穿きの足音も立てずに急いでゆくのが、いつもは見慣れた二人の眼にも、際立つて寂しいと思はれた位、洛中洛外図の屏風絵にあるやうな、にぎやかな夕景色となつてゐました。

二

「ええか。上がつても大事《だん》ないか。」

それでも入口でさう断つてから、大分酔の覚めた蝦蟆鉄拐、如心斎と幽々軒の二人は、石塀小路を高台寺の方へ、もう出切らうとする路地の南側、「墨染」と書いた軒燈の出てゐる家の玄関を上がらうとして、もう框《かまち》に足を懸けさうにしてゐました。

「へえ、ちよつとお待ちやして。」

二人の顔を見知らない、まだここでは新顔の仲居は、風貌挙止は兎も角としても、あんまりひどい身装《みなり》なので、上がられては大変だとばかり、その前に立ち塞がるやうな形で、

「家《うち》とこ今病人があつて、ちよつと取り込んでゐますよつて、どうぞまた今度目にしておくれやす。それにお上さんも今ちよつと、お医者はんへ往かはつてお留守どすさかい。」

「いや、もうその病人があることも承知の助。」

と鉄拐が云ふと、直ぐにその言葉を蝦蟆仙が受けて、

「実はわて等は、その病人の見舞に来たのや。」

「お上はんが留守かて関へんやないか。折角来たんや。根性悪せんと上げていな。」

世帯崩しらしいその仲居は困つたやうな顔付で、

「そやかてあてえお上さんから、今夜は散財して貰うたら、大事の病人に障るさかい、

案定云うてお断りしやと、もうせんど云はれてゐまんのや。そやさかいもう今夜は、気随云はんと帰つておくれやす。」

と云つてゐたが、事実お上は留守だつたらしく、そこへ丁度帰つて来ました。何か買物にでも往つて来たと見えて、一杯膨らました更紗の手提袋を提げたところは、年ももう四十の坂をいくらか越えてゐるうへに、色の黒い白粉気なしの顔なので、如何見ても昔祇園で嬌名をうたはれた、名妓の果とは見えません。

それといふのがひとつには旦那運が悪く、舞妓時代から長年世話になつてゐて、今年十七になる女の子までまうけた、神戸の船会社の重役だつた人は、戦争中に上海で飛行機事故のために死に、その後つかまへた中京の組紐問屋の主人も、近頃の金詰りで店を閉めるといふ有様だつたので、僅か二組位しかお客の出来ない、小さな席貸をしてゐたのでは、税に追はれるばかりで生活が苦しく、年々老《ふ》けてゆくばかりでした。それにこの一月ばかり前から、一人娘のおうめが胸を悪くして、どつと枕についてゐます。

それでも客商売をしてゐるだけに愛想がよく、上がり口のところに立ちはだかつてゐる二人の姿を見た途端、ちよつと眉を顰めたものの直ぐにもう身に付いてしまつてゐる、職業的な追従笑ひをしながら、

「ほう、めづらしいお二人はん、ほんに長いことどしたなあ。近頃どないにしておゐ

やすのえ。」

「どないもこないもあらへん。相変らずの蝦蟆鉄拐、お神酒《みき》徳利で飲んでゐるのや。」

如心斎がさう云ふと、幽々軒も言葉をつづけて、

「今日はお彼岸やから、西大谷から鳥辺山へ往て、あんたもよう知つてゐる昔の極道仲間、彦六のやつの墓まゐりをしてから、わしのところで一杯やり、それからぶらぶらやつて来たのや。」

彦六といふのは能面打で、金剛流とは父親の代から関係が深く、さういつた因縁から如心斎も幽々軒も謡ひもやれば皷も打ち、一時は三人ともひどく狂言に凝つたこともあります。

「如何や、おすみはん。あんたも彦六とまんざら縁のない仲でもあろまい。今夜はひとつ三人で、彦六の思ひ出話でもしてやろやないか。」

如心斎からさう云はれると、おすみも昔のことを思ひ出したらしく、潤んだやうな目瞬《またた》きをしましたが、直ぐに冷たい顔付になつて、

「そらあんたはん方のことやさかい、あてかてもう商売気離れて、いろいろ昔話がしとおすけど、家《うち》とこ病人がありますのや。」

「おお、さうやてなあ、娘はんの病状態《あんばい》悪いんのんか。」

「へえ、如何もはつきりしまへんのや。今もぶぶ漬鰻食べたい云ひますさかい、ちよ

つと縄手まで往て来たんどす。」

「さうか。ほんでもまださうして食べる気いあるうちは大丈夫や。」

如心斎はさう云ふと同時に、不図気が付いたやうに古単衣の懐から、唐桟柄の案外膨らんだ財布を出して、百円札を五六枚手早く鼻紙に包んでから、

「ああ、おすみはん。これな、ほんのお見舞のしるしやで。何か好きなもの買うて食べさせてんか。」

と云つて、無理に押し付けるやうにして渡しました。

「何どすいな。こないな気づつないことせんといておくれやす。かへつてあてえ辛気くさうおすさかい。」

さう云ふと傍から幽々軒が、これも押し付けるやうな手付をして、

「まあええ、まあええ。折角遣る云やはるんやから遠慮せんと取つとき。今日はな、この鉄拐め、思はぬ金が入りよつたんや。お彼岸のことやさかい、われわれのやうなもんにもお布施があるわ。」

と云つて、野放図もない大きな声を立てて笑つたので、おすみはそれをいい機会《きつかけ》に、

「ほんではごたくさ云はんと貰うときまつさ。」

と云つたが、直ぐにもう現金な程はつきりと調子を変へて、

「まあ、ちよつとお上がりやしたら如何どす。」

「さうか。上がつても大事ないか。」

「病人が寝てゐるのは離れどすさかい関しまへん。穢《むさ》くろしけどあてえの部屋で、あり合せで一杯やりまひよういな。」

上がつて直ぐの廊下を右へ曲ると、そこにはお帳場を兼ねた六畳の座敷があつて、信者と見えて金光様の神棚があり、箪笥の上に汐汲の人形の入つた硝子の函が置いてありましたが、その上の柱に真幡寸《まばたす》神社の方除《はうよ》けのお守が貼り付けてあつたのは、多分ここへ越して来た時に、頂いて来たものなのでせう。二人が極道火鉢を差し挟んで坐ると、おすみは早速茶棚からコップを出して、三人の前に置きました。

「もうお燗やの何のと邪魔くさいことせんと、コップで冷でゆきまひよういな。あんた方は、まだこれからお廻りやすとこあるのどつしやろ。」

「うん、そらえらありや。」

如心斎がさう云ふと、幽々軒は傍からちよつかいを入れるやうに、

「といふのは昔のことや。」

と云つたが直ぐにつづけて、顔に似合はない程いい声の節廻しで、

「昔は槍に迎へに出る、今はやうやう長刀《なぎなた》の、草履を脱いで編笠の、中の座敷に通りける。」

と、目を細めるやうにしてうたつたが、それはまさしく富本の「夕霧」で、如心斎

はそれを聴いてゐると、不図さつきの懐月堂の遊女の絵を思ひ出さずにはゐられませんでした。

おすみはその間に、不精箱から小皿を出して搔餅《おかき》を盛つたり、一升罎を持つて来させて酒を注いだりしてゐましたが、富本のひと節が終つたところで、

「さあ、ほんではあてえも招《よ》ばれまつさ。」

と云つて自分が先きに、前のコップを取り上げました。三人ともいける口なので、コップは忽ち空になり、二杯目も半分以上飲み乾された時、如心斎は不図今の唄から思ひ出したやうに、

「なあ、おすみはん。あれはもう二十年も前になるか知らん。たしかこの三人で、島原の角屋の餅搗きを、見に往たことがあつたやないか。」

「さうさう、あて覚えてます。たしかにこの三人どした。あの角屋の台所の広いのんには、あてえほんまにびつくりしましたえ。大けな大黒柱が真つ黒に光つて、八間《はちけん》、神棚、菰かぶり、まるで芝居の舞台のやうどしたがな。」

幽々軒も思ひ出したらしく口を挟んで、

「さうや。あれは大市《だいち》にすつぽん食べに往て、それからあこへ廻つたんやつたなあ。寒い寒い晩やつた。霙まじりの雪が降つてゐよつたが、中に入るとさすがにむつとする程の人いきれで、何やら艶めかしい廓気分になつたもんや。」

「さうどしたなあ。餅搗きがはじまると、三味線持つた芸妓《げいこ》がずらりと並んで、勅題のお座附、梅にも春、十二月、そのうち太鼓、小鼓、笛なんどの下方が入つて、卯の花、七福神などやらはりましたが、あないに派手な餅搗きは、もう二度と見られまへんな。三味線や皷の音にまじつた杵の音も、あてえまだ耳に残つてます。」

如心斎も酒と思ひ出とにうつとりとなつて、

「さうや。気が付いて見ると、立兵庫に髷を結うて、重さうな裲襠《うちかけ》を着た太夫が五六人、じつと並んでその餅搗きを見てゐるやないか。わしはその時、こりや身代棒振り虫になるのも無理やないと思うた。」

「なあに思うただけやないわ。あの懐月堂に祟られよつたのはあれからやないか。」

「まあ、ちよつと黙つてゐや。わしはあの晩のこと思ひ出してゐるんや。ええと、そのうち芸妓の舞や踊りがはじまる。まだその時分は幇間もゐたさかい、それも立つてちやり踊りをする。」

さう云ひかけるとおすみが後を引き取るやうに、

「さうどす。奴さんやら、初出見よとてやら、いろいろ踊りが出ましたなあ。角屋の餅搗きは、いつも極まつて廿五日やつたさかい、押し詰つた師走やと云ふのに、もうあこばかりは春や知らん思ふ位、派手で賑《にんや》かなもんどした。」

「何やみんなで、千石万石と云ひながら、杓子や摺子木でそこら中搗き廻つて、それからお目出たうございます云うて、しやんしやんと景気よく、手を締めたのを覚えてゐるで。」

鉄拐がさう云ふと、蝦蟆仙はコップの酒をぐつと飲み乾してから、さも感慨深さうに、

「いやもう、何もかも昔のことや。」

三

摩耶も祭か初午さうに、
抱いて涅槃の雲に隠るる、
屏風の内で床《とこ》の彼岸か、
聴くもしやうらいああよい弥生と、
コップ三杯ばかりの酒だつたが、腸へ染みわたるやうな冷たさも束の間、直ぐにもう酔が体中に廻つて、「墨染」を出るなりまた、如心斎は足元が危く、幽々軒は苦しさうな息づかひ、さつきの唄の続きをうたふのも、二人の声は途切れがちに、念仏声になつてゐました。
まだ宵のくちの石塀小路、田舎亭の前を下河原へ出た途端、自動車が一台勢よく、たらたら坂を下りて来たのに、風吹烏のやうに吹き煽られて、二人はそこへ立ち竦む

と、忌々しさうに如心斎は、

「阿呆たれめが、火の車を飛ばしよつて。」

と云つて、舌打ちをしてから歩きかけましたが、八坂神社の方へ向つて五六間、坂を登り切つたあたりまで来ると、西側の席貸の格子戸を開けて、

「へえ、もうよろしおます。酔を覚ましながら歩いてゆきまつさ。ほんならおほきに。さいなら。」

と云ひ棄てたまま、外へ出て来た女があります。

まだ宵闇の薄明りが、ほの白く靄《こんくわい》のやうに漂つてゐる時刻なので、軒燈の灯で見さだめずとも、鼻の尖つた細面の、吼噦染みたその顔で、直ぐにもう祇園での老妓の部に入つてゐる常香だといふことが分りましたが、こつちより早く向うの方で、この異様な二人連れに気が付いたらしく、

「こら面白《おもろ》い、蝦蟆鉄拐、今時分何処をふらつき歩いてゐるんや。」

と、ひどく高飛車に呼び懸けました。

「何や、誰やと思うたら吼噦やないか。おのれこそこないなところで何してるんや。何かええことしてるんと違ふか。」

如心斎のさういふ言葉を弾ね返すやうに、

「阿呆らしい。この年で何が出来《でけ》まつかいな。今夜かて京の四季ひとつ踊れへん、尿《しし》

くさい若い芸妓の取巻に聘《よ》ばれて、しやうもない炭坑節とやら何たらいふもん弾けと云はるさかい、あてえそないなもん弾けまへん云うて、腹を立てて出て来たところどすがな。」

「相変らず吼噦ごてよつたな。そこがおのれの面白《おもろ》いとこや。」

幽々軒は煽り立てるやうにさう云つてから、

「如何や、これから何処ぞへ往て散財せう。今日は鉄拐大々尽、ぎやうさん札《さつ》とやらいふものを持つてゐるのや。なあ、まあ見てお見。いつもの如心斎やあらへんで。総身が金で冷えるとか云うて、親譲りの着物の下には、何時ぞや長崎で買うて来た、南京ぱつちを大事さうに穿きよる。」

南京ぱつちといふ言葉を聴くと、常香は急に頓狂な声を立てて、

「ああ、あれまだ穿いてゐやはりまつかいな。あれかてあてえと九州めぐりした時に、買ははつたもんどすさかい、もう相当古物《こぶつ》どつせ。」

「何や、お前鉄拐とそないな旅したことあつたんか。」

「へえ、おました。さうどすなあ。あれはもう今から二十二三年前どすやろ。」

「そりやこそや。やつぱりこれも懐月堂の口やで。」

「何どす、懐月堂て。」

「まあええ、まあええ、お前には分らんこつちや。」

常香はその言葉を聴き棄てに、如心斎の方を向いて、

「なあへ、あん時の旅は面白おしたなあ。博多、長崎、雲仙、阿蘇、気随気儘に歩き廻つて、京へ戻り着いた時は二人とも、すつてんてんのおけらやつたおへんか。」

「しやべりな女《をなご》や。そない黴くさい話止めときいな。それよりも今こいつが云うた通り、今日ちよつと縁《げん》起のええことがあつたさかい、何処ぞでひとつ散財せう。お前は何処ぞへ往くのんか。」

「へえ、ちよつと万亭はんから南禅寺の方へお振舞《ふれまひ》に往きまんのや。」

「ふうん、お振舞なんど止めたら如何や。」

「ほんでもあてえとこの舞妓はんは、まだ店出ししたばかりやし、あてえが往かんと地唄の三味線弾く人あらしまへんのや。」

「ほんなら如何でも往かならへんのか。」

「へえ。」

「しやうむない。ほんなら散財止めとこ。」

「散財は何時でも出来《でけ》ますさかい、今夜はこれから万亭まであてえを送つて、寒なつたよつて鰊《にしん》蕎麦でも食べやはつて、案定おとなしうお帰りやす。」

「阿呆くさ。鰊蕎麦なんて吝たれたこと云ひな。お前を万亭まで送つて往てからは、わしら気随にするさかい。賢こさうなこと云はんと抛つとき。」

「抛つといてもよろしおまつけど、けつたいなぱんぱんなどに、関り合ひなはんなや。近頃四条の大橋から川端あたりに、ぎやうさん出てゐるちふことどすさかい。」

「憚りながら蝦蟆鉄拐や。まだそれほどには落ちぶれへんで。」

そんな他愛のない言葉のやりとりをしながらも、常香を真ん中に差し挟んで、まだ暮れたばかりなのに、早くももう夜露に黒く湿つた道を、はつきり酔つてゐると思はれるやうな足取で、三人仲よく歩いて往きました。しばらく沈黙の体でしたが、やがて常香は思ひ出したやうに幽々軒の方を向いて、

「ああ、そやそや、あんたまだ福太郎はんが死なはつたこと、お知りやしまへんやろ。」

聴くとさすがの蝦蟆仙も、びつくりしたやうに目を瞠つて、

「ええ、福太郎が。何時や。」

「昨夜《よんべ》どすがな。」

聴くと幽々軒は信じられないやうに首を傾げて、

「ほんなら急なことやつたんやな。あては一昨日南禅寺の傍に、お茶の宗匠もしてやはる尼はんがあるやろ。」

「へえへえ、宗慧《そうゑ》はんどつか。」

「そや、そや、あの人から頼まれてゐた香盒《かうばこ》が出来たさかい届けに往たら、丁度そこに福太郎がお茶の稽古に来てゐよつて、あても一服招ばれて来た。」

「へえ、あの尼はんは福太郎はんと、よううまが合ひますのや。」

さう云つてから常香は、急に言葉に力を入れて、

「あてえほんまにびつくりしましたえ。昨夜は知恩院の中の源光院で、あてえらの地唄のお師匠はんやつた秋岡検校はんの追善会があつたんどす。ほんであてらも出ることになつて、菊千代はんと里六はんが唄、福太郎はんとあてえが三味線といふことで、今はもうお商売やめはつた千竜はんが『袖香炉』を舞ははることになつてゐたんどす。」

「さうや。その話も一昨日聴いたえ。」

「さうどつしやろ。それがな、いよいよ出番となつて、三味線の調子合はせてゐやはると、いきなり前のめりに倒れやはつたやおへんか。びつくりして名前呼んだり何かしたんどすけど、もうまるきり正体あらしまへん。それきりになつてしまはつたんどすがな。」

「何や脳溢血かいな。」

「へえ、さうやさうにおす。ほんまにさつぱりしたもんどしたえ。そこに居合はせたあてえらは、福太郎はんの気性のやうな最期やと云うてゐたんどすが、ほんまに考へると夢のやうどす。」

「一昨日逢うた時はえら張り切りで、明治座で何やら各流の踊の会があるよつて、四

五日したら東京へ往かんならんと云うてゐたが、昨夜はもうそないなことになつてしまうたんか。」

さすがに蝦蟆仙も、明日をも知れぬ人の身の無常を感じたらしく、溜息をつくやうに云ひましたが、鉄拐は別に顔いろを動かしもしずに、むしろ揶揄《からか》ふやうな調子で傍から、

「福太郎には一時おのれも熱を上げよつたやないか。都踊の時も福太郎の出番となると、一日に三回も往きよつたこと覚えてゐるで。さうや、あれも今から二十年ほど前、何たら義士の面影とか云うた踊の時で、地唄の六段恋慕があつたのを覚えてゐる。」

さう云はれると幽々軒は、何だか急に感傷的になつて、

「そやなあ。あの時分は彦六もまだ達者やつたさかい、極道者《ごくだうもん》の三羽烏で、よう方々遊び歩いて、今となつては勿体ないやうな栄耀をしたもんや。考へて見るとあの時分は、まだ世の中が面白かつたなあ。」

如心斎もその言葉に誘はれたやうに、大分しんみりとした心持になつて、

「昔のことを考へると、近頃の世の中はてんとわやや。祇園町かてあの時分は、お客も芸妓も粋《すゐ》なもんばかりで、遊びもはんなりとして面白かつたが、もう今ではあかんやろなあ。」

さうすると常香は、その渾名の吼噦《こんくわい》のやうに、口を尖らせながらきつぱりと、

「あきまへん。中にゐるわてらかて、こらもうあかん思ひますわ。」

こんな話をしてゐるうちに三人は、もう何時の間にか建仁寺の土塀に沿つて、竹藪の夜風にそよぐ音を聴きながら、花見小路の茶屋々々の灯の明るいところまで来懸かつてゐました。

四

「ああ、ここやここや。」

そこは四条大橋東詰、南座の角を曲つて、疏水沿ひに川端を半町程下つた、もう団《どん》栗《ぐり》橋の近くにある、「時雨茶屋」といふ家でしたが、幽々軒が往きつけの飲み屋らしく、如心斎の方を振り向いてさう言つてから、入口に懸けてある紺の暖簾を、肩で押し分けて入つて往きました。

その家の中はといへば、五坪ほどの土間と、突き当りのところに、小座敷が二間あるだけの小料理屋で、入つて右側が直ぐに板場になり、白い上つ張りを着た、背のずんぐりとした小肥りの亭主が、庖丁を手に持つたままで、何か客と話し合つてゐましたが、二人が入つて来るのを見ると、

「お越しやす。」

と言つてから、始めて幽々軒に気が付いたらしく、

「いよう、大将。長いことどすな。あんたのことせんどたづねよる女がおますのや。もう直き来ますよつて、案定顔を見せてやんなはれ。ほんまに色男は殺生どつせ。」

と、顔を見るなりいきなりかう言つて、冷やかしの言葉を浴せ懸けました。蝦蟆仙もこれには面喰つたやうな形で、

「何や、何が殺生や。またすかたん云ひくさつて、友達の手前どもならんがな。」

「何ですかたん云ひますかいな。もう直き来ますよつて、来たら分りまつさ。」

亭主はさう云つてから如心斎に向つて、

「お越しやす。座敷が明いてますよつて、あこへお出でやす。」

と云つたので、二人は言はれるままに、突き当りの小座敷に上がりました。

ここは二畳ばかりのところにチヤブ台が置いてあるので、二人が坐るのもやつとな位窮屈でしたが、それでも如心斎はこの家が始めてなので、腰を落ち付けるなりものめづらしさうに、一わたり店の中を見廻はしました。板場の前には、腰掛けて飲めるやうになつたところがあり、そこには三人一組の映画関係らしい客が、もう二三本銚子を並べてゐましたが、話を聴いてゐると宇治へロケに往つた帰りらしく、今度の映画の原作になつてゐる小説のことから、今日撮して来た平等院の建築について、いろいろ細部に亙つて話してゐるところを見ると、監督が美術考証の人を伴れて来てゐるといふことが分りました。

二人とも商売柄、しばらくそんな話に耳を傾けてゐましたが、そのうち酒や料理が運ばれて来たので、また杯を取り上げると同時に、昔の極道時代にかへつたやうな心持になつて、如心斎は直ぐに訊ねました。

「何や、今殺生や殺生や云はれてゐたんは。」

「あてにもはつきり分らへんのや。これまで関り合つた女は、数え切れん位ぎやうさんあるさかい、大方その中の誰やかが、逢ひ戻りせうと言ふのやろ。」

「成程、色男は辛いもんや。梶原源太はわしか知らんと云ひたいところやろが、それにしては着付が少しひど過ぎるなあ。」

「まあええ、まあええ、後で分るわ。」

二人がそんな話をしてゐるところへ、板場の方から縄暖簾を潜つて、

「お越しやす。お風呂へ往てゐて失礼しました。」

と言ひながら、料理の皿や銚子を載せた盆を持つて出て来た、二十八九位の女がありましたが、如心斎はその女の顔を見るなりびつくりして、

「や、おさとはんやないか。」

さうすると女も驚いたやうに、

「おお、若旦那どすかいな。」

「若旦那はないやろ。ほんであんたここの何やいな。」

さう言ふと幽々軒は女の返事を引き取るやうに、

「ここのお上はんや。お前を若旦那と言ふところを見ると、余ほど前からの知り合ひやな。お前とわいとは、かなり長い間の交際やさかい、お前と関り合ひのある女は、大抵知つてゐるつもりやつたが、ここのお上はんと知り合ひのことだけは、さすがにわしも気付かなんだ。」

「そらさうやろ。このおさとはんは堅気やさかい、お前のやうな極道者とは、てんと縁がなかつたんや。」

如心斎はさう云つてから、改めてまたおさとの方に向つて、

「お母あはんどないにしてゐる。室町の家があないになつてしまうたんで、わしも昔の知り合ひには、なるべく逢はんやうにしてゐるさかい、あんたのお父うはんの亡くなつた時も、義理が悪いと知りながらも、到頭《たうど》顔出しをせなんだのや。」

「へえ、お母あはんは達者にしてゐやはります。しかしあんたはんも、去年は特選とやらを取らはつたさうで、だんだん偉ならはつてよろしおまんな。」

「お陰さんで如何やらやつてゐる。好きで覚えた竹細工やが、去年日展に出した宗全《そうぜん》籠《かご》まがひのものが評判になつて、京の竹工なら如心斎と、言はれるやうになつて来た。あんたのお父うはんが生きてゐたら、どないに喜んでくれたか知れへんけれど。」

と言つたが、急に胸が迫つて来たやうにいくらか声を潤ませて、

「お父うはんは亡くなつてから、もう今年で何年になるいな。」

「へえ、今年が丁度十三回忌どした。」

「ほう、もうそないになるやろか。月日の経つのは早いもんや。」

さういふ二人の話を、傍で黙つて聴きながら、思ひ出したやうに杯を取り上げてゐた幽々軒は、この時不図口を挟みました。

「ほんなら何か。ここのお上はんは、お前とこの番頭はんやつた、久七どんの娘はんか。」

「さうやがな。お前も知つてゐるやろ。わしは若い時分、ようくこの人のお父うはんから意見されたもんや。」

「まるで壬生狂言の桶取に出て来る、隠居はんのやうな顔をしたおつさんやつたが、ようこないな標緻《きりやう》よしの娘はんが出来たもんやな。」

と言つたが、蝦蟆仙少し声を低めて、おさとに向つて囁くやうに、

「如何や。近頃やつぱりお前とこの親方はキャバレー通ひか。」

「いえ、もうあの方はすつぱり止めはりました。そやけどまた別の道楽が始まりましたよつて、あてえもう困つてゐるんどす。」

「ああ、そや、そや、あてえも知つてゐる。競輪やろがな。」

「へえ、さうどす。あれが始まるともう毎日のやうに、お店抛つたらかして出懸けは

りまんねん。」

「そらあかんな。一度あてからも云うてやろ。」

「あんたが云ははつても、おいそれと肯《き》かはるもんどすかいな。向日町《むかうまち》や宝ケ池や云うて、まるでもう夢中どすさかい。」

こつちでこんな話をしてゐるのに気付いたものか、亭主はいささか機嫌の悪いやうな高調子で、板場の方から呼び懸けました。

「おい、おさと、嬰児《ややこ》が泣いてゐるやないか。早う往て何とかしいな。」

おさとはそれには返事もしずに、そこの銚子を取り上げて見て、

「ほう、もうお酒があらへん。熱いの直きに持つて来させまつせ。」

と言つて、空の徳利を持つて立つて往きました。

その後姿を見送つてゐた幽々軒は、不図何か感じたものがあつたらしく、にたりと笑ふと如心斎の方を向いて、そつと声を潜めるやうに、

「あれお前、昔何かあつたやないか。」

「阿呆らし。何もあらへん。わしのやうな極道者には、ああいふ地女はいつち苦手や。」

「そやない、そやない。偶には手付かずの生娘もおつなもんや。あての睨んだところでは、たしかにある。」

「そらお前の藪睨みや。毒性なこと云はんとき。」

「そやかて今夜は、これまでに関り合ひのあつた女のことは、一切合財白状する約束やで。」

「わいが言ひ出したんやけど、しやうもない約束したもんや。」

「如何や、約束通り白状したらええやないか。」

「まあ、ええわ。お前の想像に任せて置くわ。」

「よつしや。ほんならわしはあると思ふ。わしのこの目は浄玻璃の鏡や。」

そんな話をしてゐるところへ、川端を宮川町の方から、義太夫の流しの三味線が近付いて来ましたが、ここの前に来ると撥音が止んで、暖簾の間から仄白い顔を覗かせたかと思ふと、遁げるやうに姿を隠してしまつたものがあります。さうするとその一瞬、ちらとその女の顔を見た幽々軒は、あつといつたやうな声を立てたなり、いきなりチヤブ台の前から立ち上がると、そこに脱ぎ棄ててあつた雪踏《せった》を突つ懸けて、急いで表へ飛び出して往きました。

如心斎は何だか狐につままれたやうな心持で、きよとんと暖簾の方を眺めてゐましたが、

「如何したんやろ。せんど逢はせてくれ云うといて、顔を見ると遁げて往きよつた。何が何やかあてえにはさつぱり分らへん。」

と呟く亭主の声が耳に入ると、

「何や、あの女は。」

と言つて訊ねました。

「なあに義太夫の流しどすがな。如何やら昔芸妓に出てゐた時代に、幽々軒はんを知つてゐるらしいんどす。」

「さうか。あの様子では唯事ではないやうやな。」

「さうどす、さうどす。顔を見合はせて女は遁げる、男は追ひ懸ける、こらひと騒動あるに極つてますがな。」

外は大橋の両側のネオンの灯が、疏水の面に映つて華やいでゐるうへに、直ぐ向うの線路を駛る、京阪電車の車輪の音が、紅殻塗の表格子を越えてひびいて来るので、時には話声も聴こえない位の賑やかさでしたが、如心斎はたつた一人、チヤブ台の前に取り残されると、急にじつとしてはゐられない程寂しくなつて来ました。

「酒や、酒や。酒を早う持つて来てんか。」

五

アコーディオンとギタアを持つた二人の男に、一人の女の歌手を交へた、軽音楽の三人連れの流しが、新しく出来た「京都音頭」や映画の主題歌の「母恋し父恋し」などを、騒々しく唄ひまくつて往つた後は、かへつて前よりも寂しさが増して、団栗橋を渡る素見《ぞめき》の人の足音までが、はつきり聴こえて来るやうに思はれましたが、さつき飛び出して往つたきり、何処へ往つてしまつたのか幽々軒は、中々帰つて来ませんでした。

「しやうむない。女《をなご》のこととなると直ぐにこれや。」

一人ぽつんとチヤブ台の前に坐つたまま、さつきからもう二三本銚子を空にしてしまつた如心斎は、さう口に出して呟いてから、また杯を取り上げました。夜も大分更けたやうで、さつきからかなり長い間、板場の前に陣取つて、映画の大衆性と芸術性といつたやうなことから、モンタージュ理論だとか、言葉の論理的性格だとか、聴いてもよく分らないやうな言葉を使つて、立てつづけに映画論をやつてゐた、三人連れの人達も帰つてしまひ、今店にゐる客は如心斎たつた一人になりましたが、おさともさつき亭主に呼ばれて奥へ入つたきり出て来ません。さすがに秋分の日のことですから、夜ももうこの時刻になると、山に囲まれた盆地の底にある京の街は、比叡、鞍馬、貴船、愛宕の方から、しのびやかに下りて来る、嵐気《らんき》といつたやうな冷え冷えとした空気が、目に見えない霧のやうに家々を蔽つて、鴨の磧の方から吹いて来る河風も、殊更身に染むやうに感じられます。

「どないしやはつたんやろ。お酒まだありまつか。」

亭主も幽々軒の帰りの遅いのを案じながら、ひとり取り残されてゐる如心斎を慰めるやうにさう言つたので、鉄拐すかさず、

「そやな、済まんがもう一本。」

と云つて、空の銚子を振つて見せました。

「へえ、よろしおま。あんたもよう飲まはりまんな。」

「伴れが伴れやでしやうもないわ。」

如心斎はさう言つたが、一人になつてからの寂しさを紛らさうと思つて、せつせと呷《あふ》り付けた熱燗の酒が、急に総身に廻つて来たらしく、少し呂律の廻らなくなつた言葉つきで、

「まあええわ。迷惑か知れへんけど、もう少し飲ませて貰ひまつさ。肝腎の相棒が何処ぞへ往てしまうたんで帰られへん。実はな、今日はあの蝦蟆仙と二人、と云つたところで分らへんやろが、顔輝《がんき》といふえらい人の絵に、蝦蟆と鉄拐と二人の仙人を描いたものがあるのや。それがわてら二人によう似てゐると言ふもんがあつて、それからみんなわしのことを鉄拐、あの幽々軒のことを蝦蟆と言ふことになつてしまうたんや。わしらちよつとも似てやへん思ふんやけど、人がみんなさう云ふさかいしやうもないわ。如何や。蝦蟆鉄拐やで。けつたいな渾名を附けよつたもんや。」

と、亭主をつかまへてしやべり立ててゐましたが、やがて持つて来た銚子を奪ふや

うに取ると、さつきから杯代りにしてゐた湯呑に波々と注いで、ぐつと一息に飲み乾してから、

「ああ、ええ心持に酔うて来た。如何や。ひとつ面白い唄聴かせてやろか。ええか、これ唯の餅搗き唄やあらへんで。」

と言つて調子はづれの声を出して、さつきの唄のつづきをうたひ始めました。

憎とふつつり桃の節句は、
汐干と言うて痴話の炬燵か、
後にや広々釈迦も御誕生、
息も当麻《たへま》の床の練供養《ねりくよ》。

何やら文句も前後して、大分正体がなくなつて来ましたが、そのうちぐつたり首を項垂れると、急に胸が一杯になつて来たやうに、唄を止めて考へ込みました。

昨日読んだばかりの西鶴の「好色一代男」の最後の章、「床の責道具」といふ中に、「親はなし、子はなし、定まる妻女もなし、つらつら惟《おもん》みるに、何時まで色道の中有《ちゆう》に迷ひ、火宅の内の焼止まる事を知らず」といふ文句がありましたが、自分もそれと同じやうに、親もなく妻子もなく、芸ひとすぢに生きてゐる身の上、世之介のやうに明け暮れ戯気《たはけ》を尽くしたといふ程でもありませんが、それでも今日までに関り合つた女の数も多く、既に今夜逢つただけでもおすみ、常香、さととといつたやうに三人もあ

ります。

しかし今自分の長い生涯を振りかへつて見て、さういつた女達との間にあつた情痴の数々は、如何いふ思ひ出を残してゐるでせう。祇園、先斗町、上七軒、島原と、遊び歩いてゐた頃の自分の姿を、今酔眼に思ひうかべて見ると、それはそつくり何処ぞで見た、地獄変相図の中にある、牛頭馬頭《ごづめづ》或ひは三面六臂の鬼どもに追はれてゐる罪人の姿そのままであつて、思はず声を立てて叫びたい程怖ろしくなつて来ました。

世之介も最後には、「移れば変つた事も、何かはこの身の上にはあるべき、今まで願へる種もなく、死んだら鬼が喰ふまでと、俄に翻して有難き道には入り難し、浅ましき身の行末、是から何になりともなるべし」と云つて歎いてゐますが、自分の今は全くそれと同じやうな感慨であつて、今夜かうして酒を飲み歩いてゐるのも、しみじみ自分の虚無と云つてもいいやうな半生を、嘲笑つてやりたいやうな心持がしたからであります。

「やつとひとすぢの芸に縋つて起ち上がることが出来た。」

などと思つてゐるのは、自惚れも甚しいものであつて、自分の芸の低さ、貧しさ、どこに名工と云はれるに価するだけのものがありませうか。目をつぶると、これまでに自分が作つた蝉形、餌畚《あふご》、鉈袋、桂、白鏞、四方底、そのほか菱形やら、木耳附《きみみつき》やら、いろいろの形をした籠が、次ぎつぎそこに現はれて来ましたが、どれにも昔唐から渡来して来たものに見るやうな高い気品がなく、心から満足出来るやうな作品は、唯のひとつもありませんでした。

「何や。阿呆んだらめが。しつかりせんかい。鉄拐は仙人やし、さう云はれてゐるおのれのへげたれさ加減。何処に鉄拐らしいところがあるのや。」

さう如心斎は口の中で、自分を小つぴどく罵つた後、チヤブ台の上に肱を突いて、両手で頭を支へながら、じつと考へ込んでゐましたが、そのうち不意に涙が頰を伝つて流れ落ちて来ました。

六

「何泣いてゐるのや、さあ、機嫌直して一杯飲も。何で泣いてゐるか分らへんけど、熱いやつでぐひ呑みとやつてこませば、何もかも忘れて面白《おもろ》なるわい。」

さう云つて幽々軒は、何時帰つて来たのか、さつきから泣きつづけてゐる如心斎の肩を摑んで、勢ひ付けるやうに揺ぶりました。

「大事《だん》ない、大事ない。唯ちよつと涙こぼしただけや。」

如心斎は汚ない手拭を懐から出して、無雑作に顔を押し拭つてから、

「それよりお前は何処へ往てゐたんや。」

「まあ、そのことは後で追ひ追ひ話すさかい、熱いのんを一杯やつてここを出よ。」

「うん、よつしや。ほんならこれから何処へ往こ。」

「何処へ往こて、お前まだ飲み足らんのかいな。今夜はもうこの位にして往なうやないか。」

「さうか、わしは何やら気いしゅんで来よつたさかい、もう二三軒飲みたいのや。」

「まあ、今夜は止めとき。昔の梯子酒の癖、まだ止まへんのかいな。」

幽々軒はさう云つてから、丁度亭主が持つて来た銚子を受取ると、そこに並べて置いてあつた二つの湯呑に零《こぼ》れる程酒を注ぐなり、

「さあ、ここはもうこれでおつもりや。」

と言つて、そのひとつを取り上げました。

二人はそれを飲み乾して、もう人の往来も大分少なくなつた表の通りに出ましたが、さすがの蝦蟆鉄拐も宵の口からの長丁場で、もうさつきのやうな元気がなく、同じやうに酔が胸の底に籠つてゐるやうな寂しさうな顔付をしてゐました。二人とも押し黙つたまま、南座の前のところまで歩いて来ると、如心斎は表正面に掲げてある看板を見上げながら、

「さうや。文楽は今夜までやつたんやな。しまうたことをした。到頭二の替り見損なつてしまうた。」

「ああ、あても見損なうた。前の『酒屋』はよかつたなあ。山城はんも病後とは思へ

ん位よう語らはつたし、文五郎はんのお園も、あれだけの年の人が使うとるやうには見えへなんだ。」

「あのサワリの間は、劇場《こや》中しいんとなつてしまうたやないか。」

「全く芸の力てえらいもんやなあ。」

「ほんまにあないなええ芸を見せられると、自分の芸の性根なしやいふこと分つて、いつそもう死にたうなるは。」

「何云うてんのや。しつかりしいな。」

蝦蟆仙は勢ひ付けるやうにさう云つてから、

「芸のことはまた後ですることにせう。それよりもな、さつき暖簾《のうれん》から覗いた女、あれを一体誰やと思ふ。」

「さあ、ちよつと半分程しか顔見せへんよつて、誰やらさつぱり分らへなんだ。誰や、あての知つてゐる女か。」

「知つてゐるだんか、えら知りや。」

「はあん、誰やろなあ。」

鉄拐はしばらく考へてゐましたが投げ出すやうに、

「分らへん。誰や。」

「島原にゐた友吉や。」

「へえ、義太夫芸者やつたあれかいな。何でもしやうもないやくざ者《もん》と、満洲の方へ駆落をしよつたといふ話やつたが、それでは終戦後また内地へ帰つて来たんやな。」

「さうや。話聴くとえらい苦労したらしいわ。満洲も方々流れ歩いた末哈爾賓《ハルビン》まで往て、踊り子のやうなこともしたんやさうな。」

「さうか。そないなことまでしたのか。」

「それからやつと北京に来て、扇芳亭とやらいふ家から義太夫さんで出たんやさうやが、ここで二三年働いてゐるうちには、丁度軍人さんの全盛時代で、金もぎやうさん出来たのやさうや。」

「ふん、あつちは稼ぎも荒つぽいやろからな。」

「ところがみんな男に使はれてしもて、終戦になつて内地に帰つて来た時は、着たきり雀のすつてんてんやつたと言ふことや。」

「ほんならあのやくざ者とは、まだ手え切れてゐやへんのか。」

「如何もさうらしいわ。あても以前ちよつと関り合ひがあつたさかい、何とかしてやらうと思うたけど、男があつてはどもならへんよつて、小遣やつて別れて来たんや。」

二人はそんな話をしながら、四条通りを八坂神社の方へ向つて、ぶらぶら歩いて往きましたが、花見小路の近くまで来ると、如心斎は不図向う側の方へ目を遣つて、

「如何や。愛染洞をひとつ覗いて見よか。」

「さうやな。まだ起きてゐるやろか。」

「起きてゐるやろ。あの夫婦割に宵っ張りやさかい。」

さうすると幽々軒は、不図思ひ出したやうに、

「さうや。二三日前葉書よこして、何か秋成の書いたもん手に入れた云うて来たさかい、ちよつと寄つて見てもええな。」

「ほんなら寄ろ。秋成の何やね。」

「何でも煎茶道具を描いた絵に、やつぱり茶の歌が一首賛をしてあるものやと言ふことや。」

「茶の歌ならきつと、あかでしも春の木の芽を摘みて煎て心は秋の水とこそ澄めといふあれやな。無腸落款《むちやうらくくわん》やろか。」

「多分さうやろ。」

電車通りを横切つて向う側に渡ると、丁度そこは今話し合つてゐる愛染洞といふ、極く小さな骨董屋の前で、一間半ほどしか間口のない店の表には、それでも二尺幅位の硝子張りの飾り窓があつて、そこには交趾《かうち》焼の丹礬《たんばん》の獅子の左右に、織部のはじき香盒と伊賀の伽藍香盒とが並べてあり、その上のところには、漁樵問答図をあつさりとした淡彩で描いた、鉄斎の扇面が懸けてありました。

「ああ、おひろはんまた眠つてゐるわ。」

幽々軒がさう云つたので、如心斎も硝子戸越しに店の中を覗き込みましたが、見ると奥の畳敷になつてゐるところでは、俳名を露堂といふ主人が、何か帳面を開いて考へ込んでゐる傍で、女房のおひろは机の上に突つ伏したまま、いい心持さうに眠つてゐました。

如心斎はじつとこの二人の様子を眺めてゐるうちに、何だか愛染洞といふ名前にふさはしいやうな、ほのぼのとした柔かい空気が、店中一杯漂つてゐるやうに思はれると同時に、この世ながらの涅槃図を見せられてゐるやうな有難ささへ感じられて来ました。

「ええなあ、あの人は。」

「おやぢさんああして、明日の運座の兼題の句考へてゐるんやで。」

「ああ、明日は長楽寺で句会があるさうやな。わしとこへも通知が来た。」

「ああ、あれわしが出させたんや。如何や、寄つて見よか。」

さう云ふと如心斎はちよつと考へてから、

「さあ、もう今夜は寄らんで置こ。折角ああして仲ようしてゐるんや。見てゐるだけで嬉しうなつて来るわ。」

「さうやな。ああしてゐるところに、蝦蟆鉄拐が飛び込んで往て、ごてくさ云ふこともあろまい。」

「それにしてもあの女だけは、芸妓の時分から別やつたな。」

「到頭《たうど》露堂と一緒になるまで、男嫌ひで通しよつたさかい。」

「わし等は二人とも、口説いて体よく弾ねられた口や。」

さう云つて二人は、自分を嘲るやうに声を立てて笑ひましたが、如心斎は急に夜寒を覚えたらしく肩を窄めて、

「往なう、往なう。往なうやないか。」

「おお、往なう。往んでお母《ふくろ》にこの柿ひとつ食べさせてやろ。」

幽々軒はさう云つて衣兜《かくし》から、柿をひとつ取り出しました。

「何や、その柿。何処で貰うて来たんや。」

如心斎がさう云ふと、幽々軒は首をすくめるやうにして笑ひながら、

「分つてゐるやないか。あの友吉が初物やから云うて呉れよつたんや。」

「阿呆かいな。大事さうにしまつて置きよつて。」

と云つたが急に寂しさうに、

「ほんでもお前はお母さんが待つてゐるよつて、帰つても話相手があるやろけど、あてはたつた一人やさかい、黙つて寝床にもぐり込むばかりや。」

「それもいつそ気楽でええがな。さあ、うしゆんだ話はせんとこ。ええか。」

「よつしや、それではさつきの唄のつづきと往こか。」

つくに夜明けの鐘の響は権現祭、
濡れてしつぽり五月雨月とて、
度胸まさりの幟棹立て、
かぶと頭巾の幕や綜《をさ》の、

二人は一緒に声を合はせて、うたひながら歩き出しましたが、それにはもうさつきのやうな勢ひ付いた調はなく、

噂半ばにつける文月、
折にふれての七夕客も、
盆の間は踊かこつけ、
妓《よね》や仲居を口説き取るのが、
音頭《おんど》床《とこ》とよ、

といふ文句のあたりに来ると、声までが涙ぐんでゐるやうに湿つて、露の夜道をだんだん微かに、蝦蟆と鉄拐と二人の姿は、何時しか遠く闇にまぎれて消えて往つてしまひました。

北原白秋（きたはら　はくしゅう）

明治十八年、福岡県に生れる。上京して早大英文科に学ぶより前、十代から詩歌の作をなした早熟の才は、同三十九年に与謝野鉄幹の新詩社に入ると、異国情緒の漂う官能的な象徴詩で浪漫主義文学の伸張の一翼を担い、その成果を同四十二年に詩集「邪宗門」に示したのに続き、同四十四年「思ひ出」に歌った抒情を以て詩壇の第一線に立つ。同年に創刊の文芸雑誌「朱欒《ザンボワ》」を率いて後進の育成につとめる一方、大正二年に処女歌集「桐の花」を刊行して歌人としての地歩を築いた他、数多くの童謡の創作にも天分を現すなど、終始旺盛な活動を幅広く展開した晩年の業に、信時潔が作曲に当った交声曲詩篇「海道東征」がある。昭和十七年歿。

吉井　勇（よしい　いさむ）

明治十九年、東京に生れる。少年の頃からの歌才は、早大に在る時期を挟み、同三十八年に新詩社に加わって北原白秋らと「明星」の新進を代表し、やがて「スバル」が創刊されると、同誌に拠った活動は同四十三年に刊行の処女歌集「酒ほがひ」に集成され、耽美な裡にも雄勁な調べを蔵す一巻は、一躍作者の名を高くする。同趣の集に「昨日まで」「東京紅燈集」などがあるが、その後歌風を一変、人生の哀感を濃く滲ませて澄明な心境を詠じた「人間経」で再び歌名を謳われるのは昭和九年で、その間二十年に近い歳月を隔てるのは、歌歴の比類ない点とする。作歌とともに早く戯曲の筆も執り、戦後は同二十九年に小説集「蝦蟆鉄拐《がまてっかい》」を著し、同三十五年歿。

近代浪漫派文庫 20 北原白秋 吉井 勇
二〇〇六年七月十三日 第一刷発行
二〇一三年七月十 日 第二刷発行
著者 北原白秋 吉井 勇／発行者 中川栄次／発行所 株式会社新学社 〒六〇七—八五〇一 京都市山科区東野中井ノ上町一一—三九 TEL〇七五—五八一—六一六三
印刷・製本＝天理時報社／編集協力＝風日舎
ISBN 978-4-7868-0078-8
落丁本、乱丁本は小社近代浪漫派文庫係までお送り下さい。送料小社負担でお取り替えいたします。

◉近代浪漫派文庫刊行のことば

文芸の変質と近年の文芸書出版の不振は、出版界のみならず、多くの人たちの夙に認めるところであろう。そうした状況にもかかわらず、先に『保田與重郎文庫』(全三十二冊)を送り出した小社は、日本の文芸に敬意と愛情を懐き、その系譜を信じる確かな読書人の存在を確認することができた。

その結果に励まされて、専ら時代に追従し、徒らに新奇を追うごとき文芸ジャーナリズムから一歩距離をおいた新しい文芸書シリーズの刊行を小社は思い立った。即ち、狭義の文学史や文壇に捉われることなく、浪漫的心性に富んだ近代の文学者・芸術家を選んで四十二冊とし、小説、詩歌、エッセイなど、それぞれの作家精神を窺うにたる作品を文庫本という小宇宙に収めるものである。

以って近代日本が生んだ文芸精神の一系譜を伝え得る、類例のない出版活動と信じる。

新学社

近代浪漫派文庫（全四十二冊）

①維新草莽詩文集　歎涕和歌集／藤田東湖／月性／吉田松陰／清川八郎／伴林光平／真木和泉／平野国臣／坂本龍馬／高杉晋作／河井継之助／雲井龍雄　ほか8名

②富岡鉄斎　旅行記／随筆／画論／漢詩／和歌　大田垣蓮月　和歌（海人のかる藻／拾遺）／消息

③西郷隆盛　遺教／南洲翁遺訓／漢詩　乃木希典　漢詩／和歌

④内村鑑三　西郷隆盛／ダンテとゲーテ／余が非戦論者となりし由来／歓喜と希望／所感十年ヨリ　岡倉天心　東洋の理想（浅野晃訳）

⑤徳富蘇峰　嗟呼国民之友生れたり／『透谷全集』を読む／還暦を迎ふる一新聞記者の回顧／紫式部と清少納言／敗戦学校／宮崎兄弟の思ひ出　ほか

黒岩涙香　小野小町論／『一年有半』を読む／藤村操の死に就て／朝報は戦ひを好む乎

⑥幸田露伴　五重塔／太郎坊／観画談／野道／幻談／鵞鳥／雪たゝき／為朝／評釈炭俵ヨリ

⑦正岡子規　子規句抄／子規歌抄／歌よみに与ふる書／小園の記／死後／九月十四日の朝

高浜虚子　自選虚子秀句（抄）／斑鳩物語／落葉降る下にて／椿子物語／発行所の庭木／進むべき俳句の道

⑧北村透谷　楚囚之詩／富嶽の詩神を思ふ／蝶のゆくへ／みゝずのうた／内部生命論／厭世詩家と女性／人生に相渉るとは何の謂ぞ　ほか

高山樗牛　滝口入道／美的生活を論ず／文明批評家としての文学者／内村鑑三君に与ふ／『天地有情』を読みて／清見潟日記／郷里の弟を戒むる書／天才論

⑨宮崎滔天　三十三年之夢／侠客と江戸ッ児と浪花節／浪人界の快男児宮崎滔天君夢物語／朝鮮のぞ記

⑩ 樋口一葉　たけくらべ／大つごもり／にごりえ／十三夜／ゆく雲／わかれ道／につ記—明治二十六年七月　一宮操子　蒙古土産

⑪ 島崎藤村　桜の実の熟する時／藤村詩集ヨリ／前世紀を探求する心／海について／歴史と伝説と実相／
回顧（父を追想して書いた国学上の私見）

⑫ 土井晩翠　土井晩翠詩抄／雨の降る日は天気が悪い／漱石さんのロンドンにおけるエピソード／名犬の由来／学生時代の高山樗牛　ほか
上田敏　海潮音／忍岡演奏会／『みだれ髪』を読む／民謡／飛行機と文芸

⑬ 与謝野鉄幹　東西南北／鉄幹子（抄）／亡国の音　与謝野晶子　みだれ髪／晶子歌抄／詩篇／ひらきぶみ／清少納言の事ども／
紫式部の事ども／和泉式部の歌／産褥の記／ロダン翁に逢つた日／婦人運動と私／鰹

⑭ 登張竹風　如是経／美的生活論とニイチエ
生田長江　夏目漱石氏を論ず／鷗外先生と其事業／ブルヂョアは幸福であるか／有島氏事件について／無抵抗主義、百姓の真似事など／
『近代』派と『超近代』派との戦／ニイチエ雑観／ルンペンの徹底的革命性／詩篇

⑮ 蒲原有明　蒲原有明詩抄／ロセッティ訳詩ヨリ／飛雲抄ヨリ
薄田泣菫　薄田泣菫詩抄／大国主命と葉巻／森林太郎氏／お姫様の御本復／鶩鳥と鰻／茶話ヨリ／艸木虫魚ヨリ

⑯ 柳田国男　野辺のゆきゝ（初期詩篇ヨリ）／海女部史のエチュウド／雪国の春／橋姫／妹の力／木綿以前の事／昔風と当世風／米の力／
家と文学／野草雑記／物忌と精進／眼に映ずる世相／不幸なる芸術／海上の道

⑰ 伊藤左千夫　左千夫歌抄／春の潮／牛舎の日記／日本新聞に寄せて歌の定義を論ず
佐佐木信綱　思草／山と水と／明治大正昭和の人々ヨリ

⑱ 山田孝雄　俳諧語談ヨリ　新村出　南蛮記ヨリ

⑲ 島木赤彦　自選歌集十年／柹蔭集／歌道小見／赤彦童謡集ヨリ／随見録ヨリ　斎藤茂吉　初版赤光／白き山／思出す事ども　ほか

⑳ 北原白秋　白秋歌抄／白秋詩抄　吉井勇　自選歌集／明眸行／蝦蟆鉄拐

㉑萩原朔太郎　朔太郎詩抄／虚妄の正義ヨリ／絶望の逃走ヨリ／猫町／恋愛名歌集ヨリ／郷愁の詩人与謝蕪村／日本への回帰／
〈機織る少女〉楽譜　ほか

㉒前田普羅　前田普羅句抄／大和閑吟集／山廬に遊ぶの記／ツルボ咲く頃／奥飛騨の春／さび・しほり管見

原石鼎　原石鼎句抄／或る時／母のふところ／水神にちかふ／暖気／荻の橋／二枚のはがき

㉓大手拓次　拓次詩抄／日記ヨリ（大正九年）

佐藤惣之助　惣之助詩抄／琉球の雨／寂漠の家／夜遊人／道路について／『月に吠える』を読んで後／大樹の花・室生君／最近歌謡談義

㉔折口信夫　雪まつりの面／雪の島ヨリ／古代生活の研究―常世の国／信太妻の話／柿本人麻呂／恋及び恋歌／
小説戯曲文学における物語要素／異人と文学と／反省の文学源氏物語／女流の歌を閉塞したもの／俳句と近代詩／
詩歴一通―私の詩作について／口ぶえ／留守ごと／日本の道路／詩歌篇

㉕宮沢賢治　春と修羅ヨリ／雨ニモマケズ／鹿踊りのはじまり／どんぐりと山猫／注文の多い料理店／ざしき童子のはなし／よだかの星／
なめとこ山の熊／セロ弾きのゴーシュ

㉖岡本かの子　かろきねたみ／老妓抄／雛妓／東海道五十三次／仏教読本ヨリ

早川孝太郎　猪・鹿・狸

上村松園　青眉抄ヨリ

㉗佐藤春夫　殉情詩集／和奈佐少女物語／車塵集／西班牙犬の家／窓展く／F・O・U／のんしやらん記録／鴨長明／秦淮画舫納涼記／
別れざる妻に与ふる書／幽香嬰女伝／小説シャガール展を見る／あさましや漫筆／恋し鳥の記／三十一文字といふ形式の生命

㉘河井寛次郎　六十年前の今ヨリ

棟方志功　板響神ヨリ

㉙大木惇夫　詩抄（海原にありて歌へる／風・光・木の葉／秋に見る夢／危険信号）／天馬のなげきヨリ

蔵原伸二郎　定本岩魚／現代詩の発想について／裏街道／狸犬／目白師／意志をもつ風景／谿谷行

㉚中河与一　歌集秘帖／氷る舞踏場／鏡に這入る女／円形四ッ辻／はち／香妃／偶然の美学／「異邦人」私見

横光利一　春は馬車に乗つて／榛名／睡蓮／橋を渡る火／夜の靴ヨリ／微笑／悪人の車

㉛ 尾﨑士郎　蜜柑の皮／篝火／瀧について／没落論／大関清水川／人生の一記録

中谷孝雄　二十歳／むかしの歌／吉野／抱影／庭

㉜ 川端康成　伊豆の踊子／抒情歌／禽獣／再会／水月／眠れる美女／片腕／末期の眼／美しい日本の私

㉝「日本浪曼派」集　中島栄次郎／神保光太郎／保田与重郎／亀井勝一郎／芳賀檀／木山捷平／中村地平／十返一／緒方隆士　ほか6名

㉞ 立原道造　萱草に寄す／暁と夕の詩／優しき歌／あひみてののち　ほか　津村信夫　戸隠の絵本／愛する神の歌／紅葉狩伝説　ほか

㉟ 蓮田善明　有心（今ものがたり）／森鷗外／養生の文学／雲の意匠

伊東静雄　伊東静雄詩集／日記ヨリ

㊱ 大東亜戦争詩文集　大東亜戦争殉難遺詠集／三浦義一／影山正治／田中克己／増田晃／山川弘至

㊲ 岡潔　春宵十話／日本人としての自覚／日本的情緒／自己とは何ぞ／宗教について／義務教育私話／創造性の教育／かぼちゃの生いたち／
六十年後の日本／唯心史観　胡蘭成　天と人との際ヨリ

㊳ 小林秀雄　様々なる意匠／私小説論／思想と実生活／満洲の印象／事変の新しさ／歴史と文学／当麻／無常といふ事／平家物語／徒然草／
西行／実朝／モオツアルト／鉄斎Ⅰ／鉄斎Ⅱ／蘇我馬子の墓／古典をめぐりて　対談（折口信夫）／還暦／感想

㊴ 前川佐美雄　植物祭／大和／短歌随感ヨリ

清水比庵　野水帖（歌集の部）／紅をもてヨリ

㊵ 太宰治　思ひ出／魚服記／雀こ／老ハイデルベルヒ／清貧譚／十二月八日／貨幣／桜桃／如是我聞ヨリ

檀一雄　美しき魂の告白／照る陽の庭／埋葬者／詩人と死／友人としての太宰治／詩篇

㊶ 今東光　人斬り彦斎　五味康祐　喪神／指さしていう／魔界／一刀斎は背番号6／青春の日本浪曼派体験／檀さん、太郎はいいよ

㊷ 三島由紀夫　十五歳詩集／花ざかりの森／橋づくし／憂国／三熊野詣／卒塔婆小町／太陽と鉄／文化防衛論